成爲書寫的人

普魯斯特與文學時間

楊凱麟——著

人文·學術·思想

目次

導論

做時間與做作品

《追憶似水年華》的篇幅巨大繁縟，人物悲欣跌宕，主角馬塞爾繾綣於社交與愛情的糾葛中，既敏感於周遭人情世故的更迭，又三心二意於自己的創作志業，全書膠著於馬塞爾一再擱延推遲的書寫行動。然而，生命的變故連番來襲，小說已綿延二千餘頁，馬塞爾仍然躊躇喪志，在真正啟動創作前沉吟再三，舉棋不定。小說終於還是走到盡頭，主角懸命以待的作品卻未真正現身，燦燦然懸浮於終卷之後的空白不可見之處，作品臨陣，只是永遠缺席。歷經了浩浩蕩蕩的小說敘事後，讀者滿心震撼，掩卷久久不能自己。

這是一部躊躇於創作的文學經典，普魯斯特以飽含詩意的巨量文字述說著遲遲無法寫作的故事，敏感細膩的男主角在層巒疊嶂的風格化語言裡不斷悲嘆自己的精神麻木，才華欠奉。讓人意亂情迷的愛情逐漸成為生命的最大悖論，我必須以我的一生獻給我的愛人，才能領悟我其實根本不愛他。愛情只是這種悖論在不同人事時空的重演，在不可能性中熱烈翻騰的卑微可能。《追憶似水年華》的骨幹正是身心俱焚的三場愛情，我愛他因為我不愛他因為我愛他因為……彷彿對於普魯斯特而言，愛情的悖論無比重要，所以必須說三次。

普魯斯特總是懂得如何使文學書寫深深浸潤在冷熱逆亂的感覺張力之中，書寫的弔詭如同愛情，亦深深糾纏著其不可能性。當代文學並不啟始於書寫的天真想像，而是艱難於其不再可能，不僅是一切可寫之事（歷史、認同、記憶、愛情、欲望、政治、友誼、青春、老年、家族……）皆已被寫盡、寫絕、寫死與寫成悖論，僅以自身的抹消與不存在而存在，而且一切皆催逼至底，書寫最終成為自身不可能性的反覆揭露與辯證，因自身的不可能而弔詭地續存著，活成一個非思的生命。當代書寫僅僅意味著其無盡的詭戲，持存於悖論之中，書寫著悖論，書寫即是悖論。

書寫的人注定背叛書寫，因為書寫僅持存於其不可能性之中。這便是普魯斯特為每一位讀者準備的閱讀位置，當代文學的玄妙入口，與入口的永恆闕如，或許，亦是其不可迴避的瘋狂與叛變。

表面上，《追憶似水年華》述說著上層社會的沙龍與愛情故事，男主角對於藝術作品充滿強烈感受，他對文學、戲劇、音樂與繪畫的反思成為以小說形式提出的創作論述。普魯斯特事實上書寫了一本思考書寫的小說，以創作行動建構創作的觀念，既是書寫的觀念亦是其基進的共時實踐。書寫於是誕生在一種稀罕的條件之中：沒有觀念便不成書寫，不書寫卻也不可能鋪展觀念。在書寫與觀念的雙重要求下，文學僅持存在嶄新觀念的構成門檻上，要求著後設的閱讀。書寫並不只是文字的展現，即使文章斐然，小說家不只是說故事的人，即使主角身世驚人。書寫離不開使書寫可能的觀念；在書寫故事的同時，也書寫著使書寫成立的條件。翻開《追憶似水年華》時，所有人都直面一個嚴苛而燒腦的問題：何謂當代文學？答案不可避免地來自普魯斯特不斷提出的作品評論與自我評論，他對於戲劇、音樂、繪畫、建築、旅行、生活品味……提出各種基進的想像，對於他人的書寫進行擬仿，然後加上評論。本書是文學評論的無窮疊加，對評論的再評論與自我評論，每一次的評論都指向了評論者對創作的尖銳觀點，書寫最終決戰於創作論火線交織的高能場域之中。

我們試著以兩條思考路徑勾勒《追憶似水年華》的作品構成，其中之一是疊加藝術評論的論述地層學，另一是文學書寫的存有發生學。這兩者彷彿小說的雙螺旋結構，決定了普魯斯特的文學存有，也在最後匯集成啟動作品的時間觀念。時間的創造性重獲正是由這兩條思路的無窮交纏所保證，而各種愛情、社交與旅行沿著這兩條路徑生機勃勃地發展，逐漸積累成巨大的小說量體。最終，書寫成立的骨幹是藝術的創作論與小說的發生學。

普魯斯特立場堅定地反對將作品比附於生活，因為生命經驗再怎麼非比尋常，創作仍不是其再現，而是必須奠基於觀念的創造。他率先對十九世紀文學評論大家聖博夫（Charles-Augustin Sainte-Beuve）發難，拒斥聖博夫套用作者生平的作品研究方法（《駁聖博夫》，一九五四）。而且不僅批評，《追憶似水年華》就是普魯斯特自己創作論的基進實踐。閱讀普魯斯特意味著創作與創作論述間的往復增強，《追憶似水年華》既有小說敘事，亦是文學觀念的實現。小說瞄準著文學書寫的可能性，寫小說的同時也必須寫小說的存有學條件，因為如果沒有使書寫可以存在的創作觀念，書寫就沒有意義，寫什麼也就都毫不重要了。這樣的想法並不始於普魯斯特，普魯斯特卻使得書寫與書寫條件的相互纏繞成為文學的瑰麗景觀。《追憶似水年華》不僅以小說的形式提出文學書寫與評論據以成立的創作論述，而且在同一基礎上，對於戲劇、音樂與繪畫等藝術創作亦從事深刻評論。沒有一部小說曾像《追憶似水年華》一樣無比細膩地描述了那麼多不同領域的藝術作品，不管是虛構或是真實存在的，每一件被評論的作品都表達著普魯斯特理想作品的某一切面或反面，飽含當代創作的意涵。在或虛或實的眾多作品上，普魯斯特的評論匯集成小說中極獨特且無法忽視的美學體制（régime esthétique），構成他創作論的硬核，以及理解小說無可迴避的認識基底，整部小說就是由圖書館與美術館所共構的巨大迷宮。

本書的三、四、五章分別對畫家埃爾斯蒂爾、作曲家凡德伊與演員拉貝瑪在小說裡的作品與評論提出分析，這三位虛構的創作者對於自身的創作媒材都進行了基進而創造性的操作，在不同時刻裡給予小說主角極深刻的啟發。繪畫致力於打破不同物質的疆界，因為畫中的山海逆亂而成就了傑出的風景畫，而肖像畫則以陰陽倒錯的線條跨越了性別的藩籬；音樂所促使可聽的並不是音符，而是音符與音符之間「未經勘查的濃重晦暗」，其揭示了一整個不為我們製造的世界，深深地觸及生命的未知感性；戲劇等同於演員促使流變的共生場域，發聲與姿勢的不可預知使得叛亂成為劇場的本質，異質的強度在演員的催動下成為最小時間間距中的總體叛亂。

生活的平庸使生命逐漸麻木倦怠，藝術作品卻能以感性的強度激活精神，重新灌注創造的能量而使其生機勃勃。對於普魯斯特而言，藝術因此與愛情具有精神上的親緣性，對某一藝術作品的感知、與某人的愛情或到某地的旅行，確切地說，跟陌異與他者的相遇是激起生命潛能的條件，這便是本書一、二章以純粹悖論與流變說明的生命狀態。

「我」總是停留在日常生活的同一性之中，愛情則具有一種差異與未來的時間性。作為他者的戀人進入我的生活後，我不再能停留於我，而是必須伴隨著他重分配我的知覺空間，以便能由我的世界進入一整個陌異於我、不以我的意志所轉移的可能世界：戀人存在其中的世界。這個世界對我全然陌生與未知，卻提供我無比想要的自我延伸與多樣化潛能，既是生命可以差異地重新展開之地，一個啟發我欲望且攤展在我面前的陌異知覺空間，也是一個另類觀看與另類知覺於我的觀看的觀念。

在毫無新鮮事的世界中，愛情是對於陌異的偶然發現與絕對好奇，是朝差異知覺空間的無限擴展。普魯斯特以最強烈的表達描述這種總是意圖朝向域外的欲望：這是「我生命全部力量在一次不可變向的噴發中的某些時刻」。[1] 這個高能且特異的普魯斯特時刻，鋪展成《追憶似水年華》最重要的界線經驗。生命衝動的唯一目的是越界，或自我超越，為了能觸及差異的外部，抵達未知世界的入口。

藝術作品與愛情打開了差異於我的各種可能世界，觸動了自我延伸的多樣化潛能，這是生命不可或缺的外部性，一旦遺忘，生活就轉由平庸展開統治。對於藝術與愛情的評論構成普魯斯特極獨特的生機論，亦是以自我差異與流變為基礎對生命的系譜學重估，平行於此的，是作品的發生學。

作品並不是外在世界的再現，即使是鉅細靡遺的敏銳觀察與天花亂墜的敘事都不是真正的構成要素，因為再現並沒有創造觀點，也沒有問題化這個世界以便思考世界。對普魯斯特而言，觀念明確是書寫的起點，作品如果總是無法展開，就是因為遲遲未能形成使作品被問題化的觀念。簡言之，如實再現世界只是停留在表面的現象與轉瞬即逝的事物上，並不能揭露更深邃的真理。在小說裡，主角躊躇於書寫志業，一直未能投入創作，在放棄寫作多年之後，無意間形構了時間的原創觀念，在小說最後終於觸及做作品的契機，關於書寫，再無疑慮。

在放棄創作後，書寫卻全面啟動，在確認欠缺文學天賦後，反而重置文學定義，普魯斯特使得書寫成為一種基進革新的行動，小說在持續推進的同時亦構建自身的存有發生學，其神祕內核便是觀念，特別是時間觀念。作品奠立在時間拓樸學之中，並不是對過去或現在的描摹與深化，而是所有能力都被動員以便逃脫現在，創造超時間與在時間外部的時間關係。時間就是作品所創造之物，做作品就是做時間，也就是做時間的觀念，這便是普魯斯特的作品起點。

《追憶似水年華》以綿延不絕的風格化敘事激發時間的自我差異，最終創造了使一切差異的時間觀念。時間差異於自己，自我倍增與擴延，從現在中逃離，因而擁有差異的現實。要做作品，必須先有創造差異的時間，而差異的時間則差異化時間中的一切，這是小說所操作的時間增維，成為書寫的人意謂成為做時間的人。

然而，一切開始於開始的不可能，無法開始書寫的主角在巨量的文字流中為創作的艱難痛苦與煎熬，在「卷終」真正浮現前，也在普魯斯特自己的死亡降臨前，小說的敘事持續地

---

1 RT I, 85-86; I, 133.

爆量增長與重寫，隨手取來的紙片一層層地黏貼摺疊在手稿裡，字詞不斷寫入與抹除，翻開與凹摺。《追憶似水年華》的手稿既是摺頁紙本（paperolle）也是隱跡紙本（palimpseste），攤展開來就是文學景觀的恐怖落成！或許，創作根本不存在真正的結束，幾乎不可能寫完，不甘心就此完結，唯有死亡……

書不等於作品，文學不只是優美的文字，文學書寫必須擺脫無創造性的經驗再現，切斷話語跟生活體驗的習慣連結。書寫者寫字，但欲求的卻是文學作品，這「單一行動」僅能在一個前提下成立，即書寫激起了基進的翻轉，在語言平面上掀起事件等級的叛變，只有從這個叛變中，書成為作品。但最基進的翻轉與叛變卻弔詭無比，想成為作品的書在「強翻轉」的無限催逼之下，一切字詞都叛變，意義無不搖晃游移，語言進入它的安那其時刻，而作品，只是自身的缺席。在二千頁的高強度書寫後，普魯斯特設立的文字布置不是使得作品誕生，而是相反，讓作品終於既不存在也沒有發生，而書已經不得不終止在「完」這個字上。每一個在書裡寫下的字全是為了抹除物的實存，也為了遺忘，以便將「在場倒轉為缺席」，抵達書寫所企盼的極端情境與最遠之處，讓文學作品不再是事物在語言平面上的物理學轉印。

逾越、解放、甦醒、活化與重新創造，作品意味著這種時間，這就是普魯斯特時刻，切分了前後兩種生命。在普魯斯特的作品裡，我們愈洞徹時間意味著什麼，就愈洞徹創作意味著什麼，也就愈洞徹事物的本質意味著什麼。

開始從來艱難，結束亦遠遠不易，正是在無盡的拖延中，在開始與結束的不可能間隙裡，作品逐漸繁衍成形。《追憶似水年華》是普魯斯特對於書寫最強悍的實踐，文學除了投身於自身的流變外什麼都不是，書寫就是為了重新開始所面向的未知之境。正是對強度的無比敏感與對界線的勇敢觸碰，在作品的形成中同時組裝著作品成形的條件，使觀念實現的時間與時間的觀念共同編織出作品滋長的芽，在有完與沒完的作品生機論中，只有死亡的降臨才能戢止一切。在最後的時刻到來之前，活著，並且繼續書寫。

《追憶似水年華》版本說明

本書引用伽里瑪出版社七星文庫的《追憶似水年華》（縮寫為RT），中譯參考聯經出版公司的合譯本略作修改，法文版頁碼標示於前，中譯於後，羅馬數字為卷數。

引用版本如下：

Proust, Marcel. *À la recherche du temps perdu*, tome I-IV, Paris: Gallimard, Bibliothèque de la Pléiade, 1987-1989.

普魯斯特，馬塞爾。《追憶似水年華》，七卷，周克希、徐和瑾、桂裕芳等十五人合譯，台北：聯經，二〇一五。

周克希與徐和瑾兩位譯者除了參與合譯本（南京譯林出版社簡體版，一九八九；台北聯經出版公司正體版，一九九二），亦投入全書的個人翻譯，可惜兩人皆未能完成。周克希譯出三卷（華東師範大學出版社），徐和瑾譯出四卷（南京譯林出版社），譯文各有風格與取捨，值得相互參照。

《追憶似水年華》簡介

法國作家普魯斯特（Marcel Proust, 1871-1922）出生於優渥的醫生家庭，年輕時出入巴黎的貴族沙龍，結交藝文人士並縱情社交生活。三十六歲（一九〇七）開始撰寫長達七卷的《追憶似水年華》，長住巴黎的核心卻門戶緊閉，直到十五年後耗竭氣血而亡。

普魯斯特的一生就是書寫者的絕佳隱喻。前半生在名利場紙醉金迷，在最繁盛的頂峰傳奇式退隱，生命從此裂解成兩個決絕的平面。書寫並不是為了回憶，而是在轉化與創造中決然轉身，徹底隱匿、消失於自身鋪展的語言流湧之中。[2]

一九一三年《追憶似水年華》的第一卷〈在斯萬家那邊〉出版，普魯斯特一邊寫一邊無止境地修改擴增既有的篇幅，彷彿是為了在死亡面前盡可能地爭取一點時間，以便能從字裡行間再翻摺出世界更繁複的細節與情感，讓迷宮多岔出一條小徑。他艱難地吊著最後一

2 這是當代哲學對於「作品」的基進思考，作品不僅不是作者經驗的再現與回憶，而且作品永遠缺席。傅柯因此說，「《追憶似水年華》並不是由普魯斯特生活推進到普魯斯特作品的故事」。可參考本書第七章第四節「傅柯的比利時講稿」。

口氣，在死亡之前寫完，或者，不死不算寫完。至於出版，那是身後的事了。《追憶似水年華》斷斷續續費了十五年才出齊七卷，最後一卷〈重獲的時間〉終於在一九二七年上市，而普魯斯特早已離世五年。

超過二千五百位人物在小說裡登場，時間跨幅長達四十年（一八七九－一九一九）。[3] 主角馬塞爾的敘述不斷歧出、倒溯與復返，主要的情節在七場盛大沙龍宴會中交織進行。《追憶似水年華》在文學史的重量級分量並不來自主角對於前半生的懺情或懺悔（即使文采斐然），而是在文學書寫的強悍基底中，對於文學、藝術、時間、回憶、愛情與死亡等問題的深刻思索，不僅使得布朗肖（Maurice Blanchot）、貝克特（Samuel Beckett）、羅蘭・巴特（Roland Barthes）、莒哈絲（Marguerite Duras）、紀奈特（Gérard Genette）、薩侯特（Nathalie Sarraute）、布托（Michel Butor）等文學作者反覆提及與致敬，班雅明（Walter Benjamin）、梅洛龐蒂（Maurice Merleau-Ponty）、阿多諾（Theodor W. Adorno）、拉岡（Jacques Lacan）、傅柯（Michel Foucault）、德希達（Jacques Derrida）、德勒茲（Gilles Deleuze）、李歐塔（Jean-François Lyotard）、列維納斯（Emmanuel Lévinas）、洪席耶（Jacques Rancière）、巴迪烏（Alain Badiou）、拉圖爾（Bruno Latour）等重要哲學家更是一再援引與申論，《追憶似水年華》已成為理解當代思想所不可或缺的文學部位。

一、小說分卷介紹

小說由「我」所開場的第一句話相當著名，主角馬塞爾（與普魯斯特同名）是小說的第一人稱敘述者，他的兩場戀情構成了最核心的情節。

第一卷〈在斯萬家那邊〉主要由「貢布雷」與「斯萬之戀」組成，這是小說最著名的片段，洋溢著普魯斯特的文學才華，作為獨立的短篇小說來閱讀亦饒富趣味。「貢布雷」是成年後身心俱疲的「我」回想起童年在貢布雷的生活點滴，世界很大，遍布著小孩無比好奇與敏感的觀察，每一日都鮮活，所有人物皆神靈活現。「斯萬之戀」則是發生在「我」誕生前的一場生死之戀，父親的友人斯萬以絕佳教養與品味受到貴族階層的喜愛，他與交際花奧黛特陷入熱戀，椎心地妒嫉奧黛特在外招蜂引蝶，兩人最後結婚生女，彼此卻已不再有任何感情。斯萬之戀是小說中三場戀愛的原型。

第二卷〈在少女們身旁〉描述了童年的馬塞爾與斯萬女兒的初戀，並因此經歷了斯萬與奧黛特婚後關係的微妙變化。在斯萬的家產支持下，奧黛特成為巴黎最時尚與眾多男人追逐的女人，風華絕代。本卷的下半部馬塞爾與外祖母前往海邊度假，結識了一群少女，並訪問

3 請參閱法文維基百科條目 “Liste des personnages d’À la recherche du temps perdu”, https://fr.wikipedia.org/wiki/Liste_des_personnages_d%27%C3%80_la_recherche_du_temps_perdu, 2020/09/01.

畫家埃爾斯蒂爾的畫室，對於藝術作品有更深刻體悟。最後，在眾多少女的心猿意馬中，馬塞爾愛上了阿爾貝蒂娜，夏日假期結束。

第三卷〈蓋爾芒特家那邊〉。馬塞爾與家人搬到蓋爾芒特公爵夫人在巴黎的宅邸裡，「我」不由自主地暗戀著公爵夫人，一邊尾隨跟蹤她的起居生活，一邊想辦法滲透到她出入的上流社交圈與藝文沙龍。馬塞爾對於貴族充滿好奇，不僅反覆地揣測在貴族姓氏中所流淌的血統、性格與臉孔，而且無比細膩地觀察著社交生活的種種虛偽與浮華。與馬塞爾極親近的外祖母逐漸病重，終於病逝，而阿爾貝蒂娜則搬來巴黎，與馬塞爾成為親膩的戀人。

第四卷〈索多姆和戈摩爾〉的標題源自《聖經》的兩座罪惡與敗德之城，被耶和華降天火焚毀。馬塞爾無意發現身邊圍繞著各種同性戀情，比如夏呂斯男爵與裁縫絮比安。他與阿爾貝蒂娜再次前往海邊度假，回想起外祖母生前對自己的疼愛，在她過世許久後才首次意識到已永遠失去了這位親人，內心悲慟無可抑遏。馬塞爾疑心阿爾貝蒂娜是同性戀卻沒有證據，為了徹底阻隔這個可能，他決定娶阿爾貝蒂娜。

第五卷〈女囚〉具體發展了普魯斯特的愛情主題：占有性的愛與不可抑遏的嫉妒，而幸福是不可能的。馬塞爾對於阿爾貝蒂娜的同性戀傾向愈來愈疑妒，她被幽禁在馬塞爾家裡，杜絕與其他女性碰面的機會。愛情只會激起愈來愈多的猜疑與妒恨，相愛的兩人隨著時間的展開逐漸形同陌路。痛苦的馬塞爾聆聽了作曲家凡德伊的七重奏，洞徹了音樂的創造性本質，並讓他想拋下女友決絕地離去。然而，阿爾貝蒂娜卻已先一步不告而別，在錯愕中，本卷結束。

第六卷〈消失的阿爾貝蒂娜〉（中譯〈女逃亡者〉）開始於馬塞爾對阿爾貝蒂娜的懷念，期盼著她的歸來，然而卻意外地接到她的死訊，阿爾貝蒂娜墜馬而死，徹底地由馬塞爾的生命中離開。摧折人心的傷感使得馬塞爾痛徹心腑地思考著愛情與生命的真實意義，「在時間之中」同時進行著哀悼與遺忘，由愛情所承受的苦難亦將隨時間的沖刷而淡漠，最終被遺忘。馬塞爾終於與母親前往期盼良久的威尼斯，卷尾他遇見了斯萬的女兒，童年時令他魂牽夢縈的初戀情人，但他不僅不再認得她，也已毫無感情。在時間之中這一切都被徹底遺忘。

第七卷〈重現的時光〉是全書最重要且靈光乍洩的一卷。成年後的馬塞爾讀了《龔固爾日記》，大失所望的他終於確認自己沒有長久以來所冀望的寫作天分，徹底放棄成為作家的志向。一次大戰結束後，他重返巴黎，在蓋爾芒特家的圖書室裡突如其來地洞徹了時間的獨特觀念，整部小說中的沉鬱、傷痛與絕望此時徹底逆轉，在生命的一瞬中一切都重新贖回了必要的意義，真理開顯，而寫作的念頭重新降臨，對生命與文學的熱情再度燃起，整部小說結束在一部作品即將全面啟動的時刻，所有的人、事、物都嵌入了以嶄新時間觀念所布署的巨大世界維度之中，生機勃勃，一切的一切都在心臟怦然搏動的鮮活現實裡。

二、本書提及的幾位小說人物

馬塞爾（Marcel）。第一人稱敘述者，小說的主要情節由他的兩場戀情構成。本書第二章〈少女學〉分析他與阿爾貝蒂娜的愛情起源，第六、七章透過作品發生學探討生命與創作的當代問題場域。《追憶似水年華》以小孩馬塞爾的失眠揭開序幕，全書最著名的第一句話：「有好長一段時間，我都早早就躺下。」已成為指向整個法國文學空間的獨特「陳述」（énoncé），本書第七章第三節「作品發生學」對此有深入的討論。

希爾貝特（Gilberte Swann）。斯萬與奧黛特的女兒，馬塞爾童年的初戀情人。

阿爾貝蒂娜（Albertine Simonet）。馬塞爾在海邊度假認識的少女，小說以極大的篇幅描述兩人的認識、交往、同居、分手與阿爾貝蒂娜突如其來的死亡。本書第二章〈少女學〉以她作為流變的概念性人物。

斯萬（Charles Swann）。馬塞爾父親的友人，猶太富商後代，因絕佳的教養與品味受到貴族階層的喜愛。普魯斯特特別以〈斯萬之愛〉描寫了他與奧黛特的戀情，兩人最後結婚生女，彼此卻已不再有任何感情。他是小說中三場戀愛的原型，亦是本書第一章〈愛情，知覺空間的重分配〉的分析對象。

奧黛特（Odette de Crécy）。斯萬夫人，與小說的許多人物有染，感情生活複雜如謎，她與斯萬相遇所激起的「他者性」鋪展了本書第一章的「戀人－結構」。

貝戈特（Bergotte）。馬塞爾童年時極崇拜的文學作者，他在弗美爾的〈戴爾夫遠眺〉前猝死是小說裡極震撼的事件，可參考本書第三章第三節「作品殺人」。

埃爾斯蒂爾（Elstir），印象派畫家。馬塞爾在海邊度假時常去造訪他的畫室，因而啟發了對於事物的嶄新觀看能力，本書第三章〈液態繪畫〉以他對年輕奧黛特的水彩畫作為「陰性觀看」的可能性研究。

凡德伊（Vinteuil），作曲家。在一首「鋼琴小提琴奏鳴曲」中，他以五個音符組成的樂句標誌了斯萬與奧黛特的愛情。普魯斯特透過凡德伊思考了音樂所敞開的無限宇宙，構成本書第四章〈反廣延的音樂〉對於創造的問題性。

拉貝瑪（Berma, la），天才演員。馬塞爾對於她演出的《費德爾》充滿期待，觀賞時大受震動，並且重新思考了戲劇的空間性與唯物性，本書第五章〈戲劇的虛擬叛變〉藉此探討劇場裡不可或缺的「超越現實」。

成爲書寫的人

普魯斯特與文學時間

第一章

愛情，知覺空間的重分配

我們相信，對某個存有的愛情將使我們穿透他所參與的未知生活，這就是讓愛情誕生最仰賴的需要，而且比起其他代價都低廉。[1]

一、愛情的悖論

《追憶似水年華》描述三場狂熱無比的愛情，在第一卷〈斯萬之愛〉中斯萬與奧黛特，第一卷〈地名：那個姓氏〉中馬塞爾與希爾貝特，最後，是書中最重要內容，分散在第二、四與五卷的馬塞爾與阿爾貝蒂娜；三場戀情構成主角所有痛苦、歡樂與悔恨的根源。只是普魯斯特描述愛情時，似乎完全不是通俗意義下世間男女的分分離離，不是張愛玲或瓊瑤，亦不是羅曼史或反羅曼史，確切地說，跟通俗意義下的男歡女愛不太有關，或者至少沒有停留在此，普魯斯特走得更遠，愛情之所以是愛情，所以要一再「問世間情是何物」，是因為它總是引發多重的悖論（contradictions）。它僅存在於悖論之中，而且以它所相互加乘的悖論成為作品的先驗條件，或者至少與作品共享著相同的問題，面臨著同樣的不可能處境，並因此構成一個誘發思考的問題場域，成為當代創作者所不可迴避的疑難（aporie），每一件當代作品的誕生都或多或少地重新召喚了這個問題。這個共同的問題首先涉及陌異、未知與非思（impensé），而且是對陌異、未知與非思所激起的無比熱情與好奇。

在《友誼政治學》中，德希達反覆引用蒙田（Michel de Montaigne）在〈論友誼〉裡的這句話：「噢，我的朋友們，根本沒有朋友。」[2]不是為了最終想抹除這句悖論，而且恰恰相反，透過不斷地再召喚話中的弔詭，使我們意識到友誼僅存在其自我悖反的極限上。這句斷言，被蒙田歸為「亞里斯多德常常說」的一句呼格，[3]召喚誰？朋友。誰答應這句話的召喚，誰就就坐於這句斷言中「我的朋友」的特權位置，像極了《西遊記》裡銀角大王的紫金葫蘆，叫誰誰應了就被吸進葫蘆裡，不管是孫行者、者行孫還是行者孫。[4]那麼，問題可能較不在於這句斷言，而在於我將對誰說出這句具有指向性的話？誰將答應？誰能不答應？但又有誰敢答應？想跟我斷交的朋友？反過來說，誰能而且誰敢對我說出這句話？我的朋友？

1 RT I, 99; I, 147.

2 Derrida, Jacques. *Politiques de l'amitié*, Paris: Galilée, 1994, 17.

3 呼格（vocatif）是名詞的一種語格，句子用於對他的直接呼喚，比如「爸，我回來了」中的爸，「You're tired, John.」中的 John。在蒙田引用的這句話中，朋友就是句中直接呼喚的對象，這句話只針對朋友成立。

4《西遊記》裡有一個以呼格為法寶的經典情節，類似傅柯在《詞與物》第一章對「國王的位子」所從事的分析：誰就坐於此位子，誰就支配著事物的秩序，可參考本書第三章第三節的「作品殺人」。銀角大王只需拿著紫金葫蘆呼喚對手名字，誰應聲誰就被吸進葫蘆。孫悟空為防誤入圈套取了假名「者行孫」來鬥妖魔，仍然被吸進葫蘆。「行者在底下掐著指頭算了一算，道：『我真名字叫做孫行者，起的鬼名字叫做者行孫。真名字可以裝得，鬼名字好道裝不得。』卻就忍不住應了他一聲。颼的被他吸進葫蘆去，貼上帖兒。原來那寶貝，那管甚麼名字真假，但綽個應的氣兒，就裝了去也。」《西遊記》三十四回，〈魔王巧算困心猿，大聖騰那騙寶貝〉。

這句話是友誼絞肉機與迷宮，一旦有人說出這句斷言與呼格，必然是對署名朋友而且只能對署名朋友的人提出，對方回應這句話之後，兩人是或不是朋友？仍然是或已經不是朋友？或者，這兩人將同時是也已經不再是朋友？如果這句指向特定對象（另一個我，alter ego）的斷言激起不可消解的疑難，那麼問題恐怕不在於如何消解這個讓人無所適從的悖論，反而是在這種和解的不可能性中，友誼長存於被特性化的強度中。召喚，但任何可召喚的都已經不是與不再是，必須召喚那永不可召喚的，而且正因為不可召喚、無可化解，誕生了友誼。友誼能存在，沒有什麼既定的律法或規則可以遵循或操演，無法解釋，不來自溝通，只因為就是他，以及就是我。[5]

從另一方面來看，這種沒有朋友的朋友、為了取消朋友而存在的朋友，是什麼朋友？朋友同時是某種「反朋友」，被自己的朋友宣告「根本沒有朋友」的朋友，只能因接受沒有朋友而成為朋友的友誼。所謂朋友，就是同意「根本沒有朋友」的人。換言之，我們成為朋友是因為並置於「根本沒有朋友」的命題之中，這就是由友誼所標誌的悖論。這樣的友誼，被我這麼說著的我的朋友還活著嗎？還能活著嗎？我的心情是什麼？哀悼。德希達說：朋友的使命就是為這句悖論「反簽名」，而且每一次反簽名都可能是第一次與唯一一次的機會，亦都將是最後一次。[6]

愛情完全不同於友誼，卻同樣召喚著不可召喚者，以類似的悖論銘刻著當代思想的鮮明特徵，亦即對不可思考者、不可感知者、不可見者的另類思考、另類感知與另類觀看。[7]重點不在於嘗試抹除愛情或友誼的悖論，剛好相反，愛情要不完全不存在，要不僅存在於其不可能性的極點。思考透過不斷地再召喚這種悖論，使我們意識到愛情僅存在於自我悖反的彼處與他方。因為總是建構在自身的不可能與反面上，總是不斷地再將自我拋擲到非我的域外，愛情成為由界線所說明與定義的界線經驗。而戀人亦在這個意義下，成為僅在界線的

5〈論友誼〉中最著名的句子，是蒙田答覆何以跟Étienne de La Boétie（1530-1563）結為莫逆的理由，「因為是他，因為是我」。而蒙田寫《隨筆》時，摯友已亡故多年，故「噢，我的朋友們，根本沒有朋友」或許正投合於對已逝友人的哀悼。Montaigne, Michel de. *Essais I*, Paris: Gallimard, folio classique, 1965, 269.

6「反簽名」譯自contresigner，為確保文件真實性所附加的第二人簽名，中文或許可譯為會簽或副署。基於脈絡中對悖論的思考，我們將字首contre直譯為「反」。Derrida, Jacques. *Politiques de l'amitié*, Paris: Galilée, 1994, 15.

7在〈論友誼〉中，蒙田一開始就明確區分友誼與愛情，而且將友誼提升到愛情之上：「愛情一旦進入友誼階段，也就是說，進入意願相投的階段，它就會衰弱和消逝。愛情是以身體的快感為目的，一旦享有了，就不復存在。相反，友誼越被人想望，就越被人享有，友誼只是在獲得以後才會昇華、增長和發展，因為它是精神上的，心靈會隨之淨化。」Montaigne, Michel de. *Essais I*, Paris: Gallimard, folio classique, 1965, 266.（中譯參考《蒙田隨筆全集》，上卷，南京：譯林，一九九六，二〇八）。《在花叢陰影下的少女》中亦有關於友誼與愛情的思考，友誼雖然美好與難得，卻無助於藝術創作需要的自我深化：「為了終日徜徉花園的歡樂，我不僅犧牲社交也犧牲了友誼的歡樂，然而我大概沒有錯。有這種可能性的存有——他們都是藝術家，這倒是真的，而我早就說服自己不是藝術家了——也有義務為自己生活。友情對他們來說卻是對這種義務的免除，是自我棄絕。作為友誼表現模式的對話本身是膚淺的東拉西扯，讓我們一無所獲。我們可以閒聊一輩子除了漫無邊際地重複一分鐘的空虛什麼都不做，然而在藝術創作的孤獨工作中，思想則是朝向深度前進，唯有這個方向對我們沒有封閉，我們可以在此為了真理的結果有所進展，辛苦許多是真的。但是可以得到真正的成果。友誼不僅像對話一樣不具美德，而且更是致命。」RT II, 260; II, 489.

不斷抹除與生成中取得獨特生命的界線存有，僅存在於由自身界線所動態標誌之處。這是一種獨特的個體化作用，用傅柯的話來說，這種在極值與界線上翻摺的存在並不是辯證的，意思是，並不是由正、反命題所綜合而成的結果。界線經驗必須以一種「非辯證性語言」來說明，這種語言，某種程度上就是文學語言。而且基進地說，不僅愛情必須以非辯證性語言表達，而且在每一個被思考的當代問題上，都應試著去尋找甚至創造出以其界線所表達的獨特問題。個體的特異性是由其所能觸及的最遙遠界線（而不是核心）所反過來定義；愛情作為這樣的問題只是當代思想的個案之一，並不是特例，因為只有個體所觸及的界線才是其差異於其他個體，並因此能自我定義的真正特徵。這就是傅柯在〈越界序言〉裡所說的，「存有抵達其界線且界線在此定義存有」。[8]每個獨立的個體都僅僅由它觸及的界線所決定，並因此差異於其他個體。個體的特異性（而非共性）就是它所能觸及的界線，也因為所觸及的界線而相互差異。

在《追憶似水年華》裡的所有戀人都前來成為愛情的反簽名，永遠僅發生在由愛情所激生的反時間（contre-temps）中，其既不屬於日常生活，亦不曾使得愛情被實現，而是使得愛情重新置身於特屬於它的永恆悖論與絕對不可能性之中，以抹除、缺席與絕望的方式促成愛情的真實在場。

在進一步發展這個觀點之前，可以先援引羅蘭．巴特作為對比。在《戀人絮語》中，巴特指出，關於愛情的一切都是先過去式（passé antérieur），我過去曾愛，因此我現在書寫……。戀人絮語總已經是書寫者的重構（或虛構），總是發生於後（après-coup）、對瘋狂愛戀的揪心回憶，而非實時記載。戀人之一因為倖存下來而有戀人絮語，愛情似乎不可免地連結到某種餘生，後愛情時刻淒愴孤寂的哀悼與悖論（如同對一切**已經死亡**朋友的友誼）。「這哀悼最敏感之處，」巴特寫道：「難道不是我必須失去一種言語—戀人的言語？『我愛你』的終結。」[9]這句話正是以戀人的姿態尖銳地翻轉、翻譯與擬仿了蒙田的「噢，我的朋友們，根本沒有朋友」。巴特只有當他失去「我愛你」這種戀人的語言時，才不斷地寫下「我愛你」。某種程度上，這正意味著「我愛你」所真正連結的只能是哀悼與死亡。因為愛情結束，戀人已死，於是我終於開始不停寫著我已經先一步失去的語言，我愛你。這個神聖的句子僅能以悖論的形式存在，在一種顛覆性的反時間之中，因為戀人的缺席而存在。但這個存在已經不存在，不再存在。巴特只能在斷裂的時間性中述說著不合時宜的話語，真正的情話，而他說的話，那三個字，因為失去了對象而存在。戀人絮語成為愛情的反簽名，對空無所永恆訴說的「不再可說」。

---

8 Foucault, Michel. "Préface à la transgression", in *Dits et écrits*, vol. I, 1994, 233-250, Paris: Gallimard, 238.

9 Barthes, Roland. *Fragments d'un discours amoureux*, in *Roland Barthes. Œuvres complètes tome III*, Paris: Seuil, 1995, 556.

二、他者的可能世界

一般而言，我們把愛情與戀人混淆，因為與戀人相遇所以產生愛情，但是這兩者對於普魯斯特永遠是兩回事，一是激情，另一則是日常，處在不同層級，各擁不同性質。愛情讓人神往，戀人則永遠引來失望。在激情的催迫下，一切彷彿歌德（Johann Wolfgang von Goethe）所言：「我愛你，與你何干？」[10]愛情雖然離不開戀人，但這個戀人卻完全無法符應愛情的要求，不符合愛情的觀念，也完全無法被定位、穿透與認識。然而沒有戀人卻也不可能激起愛情，只是被激起的愛情卻往往差異於戀人。戀人永遠無法與愛情合拍，總是再度歧出與變異，因為戀人並不是愛情的再現，而且剛好相反，從戀人的行為、姿態與話語中，總是與愛情有著無法跨越的鴻溝。圍繞戀人的，是由他者所表達的陌異世界，這是差異於我的可能世界，因為充滿未知與不可測而激起無比好奇，誕生了愛情的可能。

> 如果我們認為，一個這樣的少女眼睛只不過是發亮的雲母圓片，我們就不會貪婪地想瞭解她的生命並且將她的生命與我們結為一體。但是我們感覺到，在這個反光圓盤中閃閃發亮的東西，並非只源於其物質構成；這是我們所未知，由這個存有相對於它認識的人和地點形成的觀念的黑色陰影（noires ombres）——她騎車穿過田野和樹林的跑馬場草地、小徑上的沙土，給我帶來小小的紋章，對於我比在波斯天堂裡的更為誘惑——

這些陰影亦是她將回去的房子，她正形構中或人們為她形構中的計畫；而且尤其就是她，懷著她的欲望、她的好感、她的厭惡、她隱晦而不間斷的意志。我知道如果我不同時擁有她眼睛裡的東西，我就擁有不了這個騎單車的少女。因此是她整個生命啟發（inspirer）了我的欲望；痛苦的欲望，因為我感到這是無法實現卻令人心醉的，因為直到此刻作為我生命的東西已驟然停止作為我整個生命，僅剩下展開在我面前這個空間的一小部分，我迫不及待地想覆蓋它，這是由這些少女的生命所構成，提供了我這種自我延伸，自我的可能多樣化（multiplication），這就是幸福。無疑地，我們之間毫無習慣——觀念也一樣——是共同的，這使我更難與她們連結與取悅她們。但是，說不定也正由於這些差異，由於意識到我所認識或擁有的元素沒有一個能進入這些少女的天性與行為的構成，對生命的飽足代之以飢渴來到我身上——如同乾涸的大地般渴望，我的靈魂在一種無比完美地浸透中更加貪婪地大口吸取，因為它迄今為止一滴都不曾吸過。[11]

少女，我渴望的戀人，並不只是屬於我的世界中的單純客體，不是任何無生命的靜物，

10　據傳這句話來自歌德（一七四九—一八三二）的《威廉．麥斯特的學習年代》（*Wilhelm Meisters Lehrjahre*），但亦有人指出源自德國女詩人 Kathinka Zitz（一八〇一—一八七七）的詩作。

11　RT II, 152-153; II, 368-369.

而是指向一整個陌異於我、不以我的意志所轉移的可能世界。在表面上像是雲母圓片的瞳孔後面，摺曲著獨立於我且對我未知的情感（affects），有著許多我所缺席與未知的欲望、偏好與厭惡，而且以持續不斷的意志持存與改變，有著仍持續變異的未來與構成這個主體的獨特經驗與記憶，以及隨著她的注意力不斷擴大或縮小、增強或減弱的知覺空間。因為我不曾在場與參與，我與我的世界被排除在外，隱藏在少女瞳孔後的「觀念的黑色陰影」意味著一個僅由其表達而存在的可能世界。這並不只是我所未知與未能參與其中的人際交往與地點，不只是那些人事的八卦與歷史，而是伴隨這個存有，使得這個存有成為可能的觀念。它們因為對我陌生與充滿未知，成為我的世界所不可穿透的陰影。少女的眼睛並不只是物質性的構成，它們連結到特屬於此少女的觀念。

我的戀人對我必然是一個他者，她並不是眾多客體中的一個，而是另一個能思與行動的「我」，但這個差異於我的另一個我，首先是一個充滿感性與可能的知覺世界，是不同於我的另一個知覺場域。這些變化與變化的多樣化僅能由少女的臉來表達，這是對我而言我所未參與其中、將我排除在外的世界。「有某些事」，或確切地說，「有某個可能的世界」由少女的臉所表達了，然而我對於被表達之物（我所未參與其中的某個差異於我的可能世界）所擁有的僅僅是這個表達，對我而言，這個被表達的世界被整個摺曲於它的表達之中，而且除了它的表達，沒有別的存在。這個可能的世界陌異於我，我對其毫無所悉，它的存在就只是它的表達，而且它是全然陌生與未知的，「僅剩展開在我面前這個空間的一小部分」，但卻提供了一種我無比想要的自我延伸與多樣化潛能。

對普魯斯特來說，放在愛情賭桌上的只有一件獨特的東西，「我整個生命」。這是我所擁有全部東西的梭哈，因為生命的絲線在此已經斷開成兩個不相同的部分，不再可能原樣繼續而不改變，不再可能有自身的生命而不往外延伸與探索。與少女的相遇，由少女的臉所表達的那個他者的可能世界**啟發**了我的欲望，我不再是我，因為「作為我生命的東西已驟然停止作為我整個生命」。那個將我排除、我所不曾參與其中的可能世界現在是我生命僅剩的延伸，茂密叢林中一小塊發光之地，海德格（Martin Heidegger）的林間空地（Lichtung），「允諾某種可能的讓顯現（Scheinenlassen）和顯示的敞開性」，或傅柯「如同不可思空間」的非場域（non-lieu），亦或德勒茲必須凹摺成域內的域外（dehors）。面對這個陌異而敞開的可能世界，我不再是原來的我，而是「介於二」（entre-deux）。[12]

一整個陌異與未知的可能世界摺曲於少女眼睛後面那塊觀念的黑色陰影裡，那是生命可以差異地重新展開之地，一個啟發我欲望且攤展在我面前的他者的知覺空間，也是一個另類觀看與另類知覺於我的觀看的觀念。這種想要曲摺光線以便另類觀看的意志，以傅柯的概念

12 海德格的引文來自〈哲學的終結與思的任務〉，孫周興譯，https://wenku.baidu.com/view/61389b3143323968011c92cb.html。Lichtung是法文clairière（明亮）的德文翻譯，海德格引申為存有開敞之處，在《林中路》裡他說：「觀看並非由眼睛所決定，而是由存有之敞開所決定。」*Chemins qui ne mènent nulle part*, Paris: Gallimard, 1986, 284。傅柯的引文來自《詞與物》，*Les mots et les choses*, Paris: Gallimard, 1966, 8。

來說，就是系譜學的意志。因為有系譜學的觀看，使得愛情並不能被簡單化約為性的欲望。這種不同的知覺空間與觀念，也可以是巴特在《明室》一開始提到的，被摺曲到一張早期相片中的「前攝影時期」的觀看。觀看一張老照片，意味著觀看被摺曲於某個裝置中的「過去的看」，這是由攝影所獨特配備的光線摺曲體制。[13]拿破崙皇帝（一七六九－一八二一）的可能世界，是一個攝影未被發明的世界，這個前攝影時空被摺曲進他弟弟傑霍姆（Jérôme Bonaparte, 1784-1860）那雙觀看的眼睛中，他長壽的弟弟活著進入攝影已被發明的世界，因此同樣這道光線稍後又被早期的攝影術摺曲到一張相片的表面，成為在後攝影時空中視覺考古學的不同光線疊層。因為攝影的發明，不只是看與被看，而且是現在的看與過去的看被導入一個全新的光線體制中重新定義。光線不僅不再具有相同的可視性，而且被系譜學更新了，從此具有「此曾在」的悲愴性質，這是前攝影時空所沒有的價值。傑霍姆與拿破崙的年紀只相差十五歲，但兩人並不處在同一種光線體制之中。這並不是傅柯在《監視與懲罰》中關於看與被看的空間問題（全景敞視主義中看而不被看，被看而看不到），而是「現在的看」與「過去的看」的時間問題，是分別處在兩種不同光線疊層中的觀看體制，照亮傑霍姆的光線已被摺曲到攝影的可視性裝置中。許綺玲如此評論：

> 拿破崙與傑霍姆這兩位真實的歷史人物，一位屬於攝影史前人，來不及等到攝影的發明，未曾留下攝影肖像便已去世；另一位則活到了攝影的第一個盛期，留下了敘述者

「我」很久以前見到的那張相片。「我看到的這雙眼睛曾親見過拿破崙皇帝！」這句話中同一動詞「看」（voir）用了兩個時態出現：一現在：我看到（vois）；一過去：這雙眼睛曾見過（vu）。相片確證了相中人為真，而「我」等於是透過了相中人的真實而遙想拿破崙這位攝影史前人亦為真。相中人（或被拍者）的眼睛就像是個真相的器官，從中擴至遠超過拍照瞬間的同時代時空。[14]

不管在任何場域裡，在繪畫、文學、音樂、劇場，在異性或同性愛情，或在旅行、社交與沙龍裡，對於差異於自身生命的知覺空間，普魯斯特都展現了強烈好奇與欲望，這是一種全面的生機論，不僅表現在自身潛能的極大化，而且這個極大化必須總是一種繞經外部折返的行動。對某一藝術作品的感知、與某人的愛情或到某地的旅行，確切地說，跟陌異與他者的相遇是激起這個生命潛能的條件，所謂生命衝動（élan vital）就在於不斷朝外部探索的意志。這正是傅柯思想中最根本的主體化作用，在《分裂分析福柯》中，我們曾指出：「認識

13「有一天，已是很久以前了，我無意間看到拿破崙的幼弟傑霍姆的一張相片（一八五二年攝）。我當時懷著從此未曾稍減過的訝異感，心想：『我看到的這雙眼睛曾親見過拿破崙皇帝！』」Barthes, Roland. *La chamber claire*, Paris : Seuil, 1980, §1。引文是許綺玲譯，羅蘭・巴特，《明室・攝影札記》，台北：台灣攝影工作室，一九九七（修訂版），一三。

14 許綺玲，〈「我看到的這雙眼睛⋯」：《明室》裡的那張小王子相片〉，《新潮藝術》第四期，一九九九年一月。

汝自身的不二法門，就是繞經比最遙遠更遠之地折返〔……〕我不是我，只因為我必須越界以返回我，我只能越界才能折返，我只是（也只能是）我的越界摺曲。這是蘭波（『我是他者』）與尼采（『人是必須被超越的動物』）的全新複合體。」[15]但其中的悖論在於：「一切只發生在一個怪異的空間裡，在異托邦中取得的存在積體，一種在運動形式上總是以離去來回返，以謀殺來生產，以沉默來發聲，以不可視來觀看，以最遙遠者來逼近的形上學。」[16]傅柯說，這就是虛構，因為一切都取決於完全的未知、偶然與意外。相較於此，已經歷之事變得不再重要，因為能誘發生命激情的，難道不是基於生命的未知潛能所致使的「自我的可能多樣化」？

對於普魯斯特而言，因為愛情，我們取得一張差異化的門票，重新站在差異的起點。

三、光線政權的切換

差異可以被再差異化，但這並不只是經驗的單純加乘，因為把愛情或性僅僅視為經驗的收集或資本積累，仍然停留在日常經驗層次思考愛情。經驗如果不能給予啟發，不能激起生命整體的衝動與潛能，這樣的經驗只是不斷逝去時間的一部分，構成了我們的平庸生活。這樣的經驗不管多麼獵奇古怪都只是讓平庸更平庸與無聊，而且這種時間一旦逝去就永遠死去，不復存在。相反地，由愛情所展現的流變指向生命的純粹潛能，這是現實中不屬於實際與非日常的部位，亦即現實的虛擬性。

對普魯斯特而言，愛情是光線政權的可能切換，涉及的是陌異與未知知覺空間的感性分享，與或許是此分享最終的不可能。「我們相信，某個存有參與著一種未知生命，對他的愛情使我們得以穿透這樣的生命，這就是使愛情誕生所要求與最仰仗之物，而且比起其他都代價低廉。」[17]因為正在進行中的愛情，生命得以重新置放於新鮮與好奇的未知門檻上，再度被允許了擴展的可能，差異作為一種潛能（差異的再差異化）可以進場。這個對未知的穿透，而非已知的證實，被普魯斯特同等於「真理的征服」。但這並不是隨時發生的日常生活，因此日常生活（已知與當下的世界）的再現與愛情或藝術無關，這兩者的關鍵都在於被啟發的生命衝動，對未知與陌異的再次確認，用德勒茲在《傅柯》的話來說，就是「自域外闖入的力量」。

在毫無新鮮事的世界中，愛情是對於陌異的偶然發現與絕對好奇，是朝差異知覺空間的無限擴展。普魯斯特使用了最強烈的表達來描述這種總是意圖朝向域外的欲望：這是「我生

15 楊凱麟，《分裂分析福柯》，南京：南京大學出版社，二〇一一，一六〇。
16 楊凱麟，《分裂分析福柯》，南京：南京大學出版社，二〇一一，一六〇。
17 RT I, 99; I, 147.

命全部力量在一次不可變向的噴發中的某些時刻」。[18]這裡涉及生命衝動的激發，存有的潛能擁有多少力量就有多爆烈，也就有多恐怖。這個特異的普魯斯特時刻，在小說中因為某一個我所愛的女人而將生命全部力量一次性地灌注其中、一生懸命的某一個絕對稀罕與有限的時間片段，鋪展成《追憶似水年華》中最重要的界線經驗，而重新去尋獲與創造這個永遠已經失去的時間，就是作品（不僅是文字書寫而且是藝術創作，簡言之，做作品）的奧義。在這個存有的能量被激活與無限放大的人生稀罕時刻裡，整個靈魂「在一種永恆衝動（élan）中被捲走，以便超越它（自己），觸及外界」。[19]這種生命衝動的唯一目的是越界，或自我超越，不是為了靜觀與省思，而是為了觸及差異的外部，抵達「未知世界的入口」。

戀人徹底差異的知覺空間展現於外，生命衝動狂亂激起於內，在這兩者不可見的纖薄界線上，愛情開始結晶。並不只是因為有未知的域外，而且是有無論如何想要觸及此外部的生命衝動（普魯斯特的用語是「永恆衝動」），愛情似乎僅僅持存於這個內、外交接的界線上。

千篇一律的日常事務引不起精神的興趣，永遠欠缺激情，這是何以尋覓（recherche）對普魯斯特無比重要的原因。必須與未知的啟示者相遇，才有啟動生命衝動的可能。馬德蓮（或教堂鐘聲、刀叉碰撞聲、鋪路石不平的身體顛撲……）所重新啟動的是連結到域外的欲望，這是生活中各種事物仍然鮮活、充滿新奇與差異的時刻。

四、戀人的臉

激起愛情的少女首先是一個不可觸及的知覺空間，由這個未知空間所傳遞出來的任何符號都成為其唯一表達。他者首先是某一個未知世界的表達，我們因為臉的變化而獲知他者所處身其中的可能世界，他者的臉就是對這個可能世界的知覺，臉部的表情表達了一個差異於我的知覺空間。[20]他者在能成為主體或客體之前，只是對某一個可能世界的知覺空間，而這個可能世界我們不認識。唯一的線索來自他者的臉，因為他者正知覺著這個可能世界，而他的臉就是這個可能世界的唯一表達。

18「當我讀一本書時，如果我父母允許我去參觀書中描寫的地區，我就會認為自己在真理的征服中走出了不可估量的一步，因為如果人們總是有著被自己靈魂包圍的感覺，這並不像在紋絲不動的監獄中，而較像是與它在一種永恆衝動中被捲走，以便超越它，觸及外界，有著一種氣餒地總是聽到自己周圍有這同一的聲音，不是外界的回聲，而是內部振動的共鳴。我們試著要在事物中重獲我們靈魂投射在它們上的反光，它們因此而變得珍貴；就會失望地看到，它們在自然中彷彿失去了在我們思想中、因接近某些觀念而應有的魅力；有時，我們把靈魂的這全部力量化為機靈和壯麗，以便作用在我們感到處於我們之外且我們永遠無法觸及的人們。因此，如果我總是圍繞著我愛的女人來想像我最想去的地方，如果我意欲這個女人領我去遊覽那些地方，向我打開未知世界的入口，這並非偶然地只是思想的聯想；不，那是因為我旅行和戀愛的夢想只是我生命全部力量在一次不可變向的噴發中的某些時刻。」RT I, 85-86; I, 133.

19 RT I, 85-86; I, 133.

他者是一個「臉—知覺空間—可能的世界」這樣的獨一無二的表達布置。因此我們或許可以問，在莒哈絲的《情人》一開始，女主角那張現在「壞毀的臉」連結著什麼知覺空間？[21]以及什麼是由這個空間所放大擴展、而對我們未知的可能的世界？一個「人人都說您年輕時很美」（但我不在場也未參與其中）的世界，這個世界現在已不存在，在臉上留下痕跡，是「某些事情已經發生」後的壞毀，成為某一個可能世界的特異表達。莒哈絲在小說裡寫道：「現在，我看到我在很年輕的時候，在十八歲，十五歲，就已經有了以後我在生命中年以酒精所取得的那副臉孔的先兆了。」[22]這張「年輕時很美」的臉究竟已經前未來式地（futur antérieur）表達了什麼即將要發生的可能世界？情欲、敗德與酗酒，這個可能的世界以時間飛梭的方式由過去的美已經躍向未來的壞毀，簡言之，小說成為一種莒哈絲式愛情的個體化場域。

因為某一張女人的臉，馬塞爾與斯萬墜入愛情，但這張臉究竟表達了何種可能的世界，因此能深深迷惑主角？對馬塞爾而言，這個獨特的可能世界由少女變化莫測的鮮活表情所表達，使得阿爾貝蒂娜與她那夥女伴的眼睛不會只是一個「發亮的雲母圓片」，而且成為主角想要探究的未知世界入口。對斯萬而言，奧黛特的臉讓他聯想到波提切利（Sandro Botticelli）的西坡拉（Zéphora），表達著一個因西斯汀教堂壁畫所使之可能的世界，成為進入佛羅倫斯畫派作品的入口。[23]

他人有一張與我相似的臉，但不能就此認定是跟我享有相同世界的另一個我，這種同一性推斷抹除了他者的「他性」。這張他人的臉，首先只表達他所存在其中的知覺場域或可感世界。由他人的臉（或戀人的臉）所看到的世界不會跟我一樣，因為有著由這張臉的獨特位置看出去的觀點，從這個觀點出發構成了一個不同於我的知覺空間，一個差異於我的可能世界，這個世界陌異於我但卻是可能的，因為有一張臉像鏡子般反映著這個世界。這個世

---

20 「我們將經驗場域視為實在世界，不再關連到某一個我，而是關連到某一簡單的『有』（il y a）。在某一時刻、一個沉寂與靜養的世界裡，突然冒出一張驚恐的臉，看著場外的什麼東西。他者在此出現並不如同主體亦不如同客體，而是很不同地像是一個讓人驚恐世界的可能性。這個世界並非實在的，或者還不是實在的，而卻仍然存在：這是僅存在於它的表達（expression）中的被表達者（exprimé），臉或臉的等同物。他者，首先是一個這種可能世界的存在。而這個可能世界也具有一種特屬於它的、可能的現實性：只需表達者說話而且說『我害怕』，便賦予如是的可能現實性（即使他的話是謊話）。」Deleuze, Gilles and Félix Guattari. *Qu'est-ce que la philosophie*, Paris: Minuit, 1991, 22.

21 「有一天，我已經老了，在一處公共場所的大廳裡，一個男人向我走來。他做了自我介紹並且對我說：『一直以來我都認識您，人人都說您年輕時很美，我來是為了告訴您，對我來說，我覺得您現在比年輕時還美，與您年輕女人時的臉相比，我更愛您現在壞毀的臉。』」Duras, Marguerite. *L'amant*, Paris: Minuit, 1984, 9.

22 Duras, Marguerite. *L'amant*, Paris: Minuit, 1984, 15.

23 「他看著她，那幅壁畫的一個斷片在她的臉和身體顯現出來，從此之後，當他待在奧黛特身邊，或只是想念她之時，他總是想再找到這個。雖然他無比珍視著佛羅倫斯的這幅傑作，只是因為他在她身上重獲了這幅傑作，但這種相像仍賦予她一種美，使她變得更加珍貴。〔……〕『佛羅倫斯畫派作品』（œuvre florentine）這幾個字，對斯萬起了很大作用。它們作為標題，使他能把奧黛特的形象穿透於一個夢的世界（monde de rêves），在此之前她一直未能進入，而她現在則渾身散發出高貴氣度〔……〕他的愛情則得到肯定。」RT I, 220; I, 272.

界很可怕，因此我們看到一張懼怕與尖叫的臉正表達著這個我未知的世界，比如在希區考克（Alfred Hitchcock）的《驚魂記》（*Psycho*, 1960）中，女主角淋浴時不斷尖叫的臉，這張臉反映著她所置身其中的可能世界，那是使得變態凶手以利刃謀殺無辜者成為可能的世界。希區考克以五十個近身鏡頭組裝了三分鐘的這種可能的世界；或者庫伯力克（Stanley Kubrick）的《鬼店》（*The Shining*, 1980），女主角被傑克・尼克遜（Jack Nicholson）嚇破膽的臉，我們知道了她所存在的可能世界正因為丈夫沒有寫作靈感而逐漸瘋狂，成為充滿鬼魅的知覺空間……。他者首先只是對其自身知覺空間的表達，一個由情感所充滿的場域，這個空間裡有著我所未曾參與的事件。他者的臉意味著「這裡有……」，但甚至連有什麼我都還不知道，唯一確認的是「有」某些未知的事被臉表達出來了，因為有一張臉正驚恐地表達這個「有」，我被這個「有」所具有的**現實性**所深深地吸引。

這個由他者所表達的「有」，是「僅存在於它的表達中的被表達者」，只由臉來表達，但被表達的那個可能世界我並未參與其中，對我而言，這個我所不在場的未知世界**僅存在於**表達它的臉上，這是我對那個可能世界唯一接收之物。可能的世界在不可知的外部，但同時也只被包裹於臉的表達之中，不再有更多於這個表達之物。然而，我與他者的問題其實應該進一步地翻轉，他者的存在，他者以「對某一個可能世界」的表達的存在，不僅是因為這個表達而被我所接收，也不僅是以一種同一性的方式跟我產生關係（他者的世界相同於我的，只是另一個我，我們都共享著人性……這將陷入笛卡兒式的獨我論，他者的問題事實上不存在），而是更基進地，反過來重構了我的知覺空間，因為有他者所表達的差異與可能世界，我才有我的知覺可能性。配備著知覺與思考能力的主體並不以一種恆久不變的方式存在，不是主體「我」以我既有的知覺能力來知覺「他」，相反地，因為一張他人驚恐的臉，我必須重分配我的知覺條件以便經歷一個差異於我的世界。他者重新決定了我的知覺，而非反之，否則這個差異的可能性就不復存在。德勒茲與瓜達希使得他者的問題成為首要的，不是先有主體我然後有「非我」的他者，而是相反，先有他者對某一可能世界的表達，在這個被表達的知覺空間中，我重分配了知覺的條件，因此有了不同於「過去我」的世界可能性，而且因為他者的這個差異於我的可能，我已屬於過去的世界。他者成為知覺的現實與可能的未來條件，而且因為差異於我而具有一種創造性。

他者，既不再是這場域中的主體亦不是在這場域中的客體，將是主體與客體，而且是形象與背景、邊緣與中心、運動與標記、傳遞的與實體的、長度與深度……據以再分配的條件。他者總是被知覺如同其他，然而在其概念中它是一切知覺的條件，不只是對其他而且是對我們，這是由一個世界到另一個的條件。他者使世界經過，而「我」只意味著已過去的世界（monde passé）（「我心緒寧靜……」）。比如，他者只需使空間中的所有長度變為可能的深度，且反過來說，只要這個概念在知覺場域中行不通，轉變與顛倒變得不可理解，我們就會不停撞到物品，可能性就消失了。或者至少哲學地說，必須找到一個其他的理由以便我們不會自撞……。這是何以在一個可決平面上，我們藉由橋（pont）從一個概念到另一個：他者概念的創造將以這些組成物與其他待決組成物招致一個全新知覺空間的概念創造。[24]

「我」總是停留在同一之中，平庸且無有意外，而他者是「由一個世界到另一個的條件」，透過知覺條件的重分配使主體「我」屬於過去。於是我們可以說，少女作為他者，使得愛情總是具有一種未來的時間性。因為作為他者的這個或那個女人，我不再能停留於我，而是必須伴隨著她重分配我的知覺空間，進行一種知覺的系譜學重置，以便能由我的世界經過她的可能世界。但這個指向未來的可能世界正被他者的臉（戀人的臉）所包裹與內含其中，我們看不到由臉所表達的那個世界，僅僅只能不斷攫取世界的表達，我們只能有這個表達，被表達的世界僅僅存在於這個表達之中，被他者的臉所包裹起來。

他者意味著一個可能世界的包裹（enveloppe）與內含（implication），對斯萬而言，奧黛特的臉所包裹的可能世界是由波堤切利的壁畫所表達的藝術風格與觀念，對馬塞爾而言，阿爾貝蒂娜的臉則表達著夏日裡一夥年輕少女的生命活力。德勒茲因此說：「沒有愛情不開始於一個可能世界的揭露，其就圈捲在表達它的他者中。阿爾貝蒂娜的臉表達了海灘與潮水的混合：『她區別出什麼與我不同的未知世界？』這典範性的愛情故事，整個就是阿爾貝蒂娜所表達的可能世界的漫長攤開（explication），而且有時轉化為充滿魅力的主體，有時轉化為讓人失望的客體。」[25]藉由斯萬與馬塞爾兩位主角，愛情連結到兩種可能世界的知覺空間，前者是音樂與繪畫作品，後者則是生命的無限生機，我們將看到，這兩者很可以是同一回事，都成為對未知世界的探索。有多少愛情就有多少未知的可能世界等待被追尋與攤開，這些世界各自差異且都具有現實性。但無論如何，作為他者的愛人首先意味著表達性（expressivité），表達著某個不同於我的可能世界，這個世界被包裹與內含於愛人之中，對我差異而且我所未知，等待著被以各種方式攤開。

五、世界的表達與反實現

愛情的問題由兩種辯證的翻轉來表達。第一，他者總是迫使我重分配知覺條件以便能感知不同於我的可能世界，否則這個可能性便會消失，愛情也不再可能。於是，他者的存在使得我的知覺屬於昨日世界，或者應該說，他者的出現（與他者的相遇）意味著一種變動與轉型的要求，這個要求同時亦是在時間性上的切分，我從此不再是我，我不可能仍然是原來的

24 Deleuze, Gilles & Félix Guattari. *Qu'est-ce que la philosophie*, Paris: Minuit, 1991, 24

25 Deleuze, Gilles. *Différence et répétition*, Paris : PUF, 1968, 335.

我而能觸及不同於我的可能世界，我必須重分配我的知覺條件以便觸及他者所表達的世界可能性，我現在是他者，這是世界分歧、差異與另類的可能性，而原來的我，原來的我的知覺只屬於已逝的時間，他者成為系譜學重置的條件。在迫使我重分配我的知覺的同時，他者也切分了過去我與現在我的差異，他者在知覺世界中屬於「將臨的人民」，而我則是由他者所重構的主體，他者作為知覺場域，是我的前主體狀態。第二，被表達者（可能的世界）並不大於它的表達，也不存在於它的表達之外，因為被表達者是未知的，唯一可以觸及的是它的表達：戀人的臉。驚恐的臉雖然置身於使其驚恐的世界，卻只是表達了對世界的知覺，既不等於也不類似這個世界。世界的表達並不是這個世界，愛情所意謂的是由愛人所表達的整個世界，但我們可以觸及的卻只是這個世界的表達。差異於我而且我未曾參與其中的這個世界，不存在於它的表達之外，但卻又不等於它的表達，這是何以戀人作為可能的世界永遠有未知的部分，因為我們只知道其世界的表達，而非世界本身，而戀人只是這個（對我們而言）仍然未知的可能世界的表達，戀人因此總是「流變─不可感知」，但同時卻又是它所置身其中的那個未知世界的唯一表達。世界不存在於表達之外，而且我們除了世界的表達沒有其他觸及世界的方法，然而如果戀人在場，表達卻可能源源出新，因此我們必須不斷對世界的表達提出解釋（攤開或「去內含」）。反之，如果沒有戀人，則這個可能世界將成為空無。

作為戀人的奧黛特內含了一個可能世界，她存在於這個世界之中，但這個世界並不比她所能給予的表達更多，也不存在於這些表達之外。這個戀人的世界中有奧黛特，而奧黛特是它的唯一表達，奧黛特存在於一個只由她所表達而且也不大於這個表達的世界之中。斯萬藉由對這些表達的攤開意圖認識既內含、摺曲於奧黛特的表達之中而且亦是奧黛特所生存的可能世界。奧黛特一方面活在由她所表達的世界裡，這個世界卻同時又被捲縮摺入她的表達中沒有外於此表達的存在。奧黛特在這個捲入與攤開的問題裡並不是任何尋常意義下的個人，而是一個不斷自我陷落的黑洞與迷宮程序：她生活在世界的可能性中，但這個可能性同時也只存在於她的表達而不在任何其他地方。[26]

奧黛特是一個攤開與摺入的愛情程序，這個攤開要求知覺條件的重分配，否則就不可能。如果可能的世界（或世界的虛擬性）只因奧黛特的表達而能實現，一旦實現同時卻也就耗盡潛能成為實際的事物狀態，那麼攤開則意味著必須反實現（contre-effectuation）奧黛特的表達，必須不停留在表達的表面狀態，因為這個表達並不等同於被表達的可能世界，雖然世界亦不存在於她的表達之外，卻不是表達所再現的事物狀態，而是表達的虛擬性。必須觸

26 在《分裂分析德勒茲》中，我們曾以萊布尼茲（Gottfried Wilhelm Leibniz）的單子論（Monadologie）分析「摺曲」與「攤展」的問題：「單子是世界的摺曲，但世界除了被摺曲之外也沒有其他的存在，它只是單子的表達；而單子透過差異摺曲世界來表達世界，單子亦只是這個表達，而世界不存在於這個表達之外。單子既使得世界只以被它表達的方式（被它摺曲的方式）存在，單子本身也只是這個（世界的）表達，一種『無載體的摺曲』。世界離不開它被摺曲的方式，但並不存在一個等待被摺曲的世界，世界並不是摺曲的載體，而只被『無載體的摺曲』所表現。」楊凱麟，《分裂分析德勒茲》，河南：河南大學出版社，二〇一八，一八一。

及那個仍由潛能所說明的虛擬現實，而奧黛特的表達只是這個充滿可能性潛能世界的實現化（effectuaton）。

在普魯斯特的愛情程序中，斯萬這個名字意味著兩種功能，第一，他是攤開與「去內含」奧黛特的意志。這是一種追尋真理或觀念的柏拉圖主義，但並不只停留於此，想要攤開這個被內含的世界必須反實現已知的表達，必須動員全部的感官去尋覓與收集這個世界現有與已知的表達，不論是奧黛特的各種謊話、虛偽、做作或她的喜好，甚至是她常去的裁縫，她的門房與她的車夫所透露的各種蛛絲馬跡。因為即使是謊話，仍然屬於被表達的世界，仍然是這個世界所具有的特性與廣延。但這絕不意謂世界是虛假或不真，相反地，這個世界的可能性也由奧黛特的謊言所實現化，這是一個使奧黛特說謊成為可能的世界，奧黛特的連番謊話也屬於這個世界的表達，而世界不存在於表達之外，就如同上帝所創造的並不是犯罪的亞當，而是一個使亞當犯罪的可能世界，亞當只是構成這個世界的特性與廣延。在小說裡，為了掩飾自己與許多人的幽會，奧黛特慣於說謊，但重點從不是奧黛特說謊與否，不在於究竟真理是什麼，「奧黛特是不是在沒接待我的時候與另一個男人幽會？」這個問題的重點不在於答案，而在於因為奧黛特而使之可能的這個質問，她成為一個對斯萬而言的問題性場域。斯萬必須永恆地反實現奧黛特的所有表達，謊言與否不是重點，因為即使是謊言（特別是謊言）也表達了奧黛特的可能世界。真理具有一種普同性，但謊言卻使得世界重新獲得一種潛能，使得一切特異表達成為可能世界所具備的差異存有，意味著另類現實的虛擬性。由奧黛特的真話與謊話所共同表達的世界，其可能性並不能排除謊話，追緝謊話並不是為了其對立面的真理，並不來自一種真理的意志，不是為了求真而抹除假，不是去糾舉或檢證，相反地，謊話本身正構成這個世界的可能性與特異性。奧黛特所促使成為可能的世界正是這些特異性的強度所構成的獨特布置，而且因為這些由謊言所迫出的強度啟動了斯萬的個體化作用。奧黛特作為不可認識的「戀人—他者」，攤展了謊言的虛擬現實與問題性場域，正因為她是由謊話所建構的話語布置，她的表達不是真實世界的簡單再現，不是為了驗證與重複世界的已知事實，而是由可能世界所表達的造假威力（puissance du faux），而且因為謊話對於已知世界的非再現與脫軌，奧黛特持存於他者的未知世界之中，進一步激起了斯萬的個體化作用。因此在斯萬所啟動的愛情程序中，還存在著第二種功能：為了反實現，斯萬必須重分配知覺條件，奧黛特的表達必須被轉化為前個體化場域的特異性，並促使斯萬展開全新的個體化作用。於是，為了攤開奧黛特的可能世界，為了觸及她所表達的潛能，必須反實現她的表達，但這個反實現僅只能透過斯萬所重新啟動的個體化作用（換言之，知覺的重分配）才有可能。於是我們應該自問，由斯萬（小說裡的主要人稱）反實現的是什麼主體性觀念？我們不可能理解斯萬而不經由他因為奧黛特所啟始的知覺重分配，因為斯萬只是一個因這個重分配所構成的個體化作用，斯萬因為「奧黛特問題」而自我將自我建構成一個特異的個體，這是一個在已知世界的界線上所重新個體化的主體。斯萬的個體化與作為謊話機器的奧黛特離不開關係。

斯萬不斷攤開與「去內含」奧黛特所包裹與內含的可能世界（充滿交際花的謊言、壞品味與庸俗想像），而且藉此必須重分配知覺（長度與深度、中心與邊緣、形式與基底等等）以便使得奧黛特的可能世界可以被感知與理解。我們其實並不是由斯萬（作為主體）來理解奧黛特（作為他者或客體）與奧黛特的可能世界，而是剛好相反，如果沒有奧黛特，我們其實永遠不理解斯萬的流變。或者應該說，我們理解的斯萬已是過去世界裡的斯萬，奧黛特促使斯萬進入個體化作用，他的知覺正經由奧黛特對她世界的表達而產生重分配，奧黛特是斯萬的前個體化場域，而斯萬則因愛情啟動了流變的可能，這個可能同時也是世界的差異可能、另類知覺的可能與主體建構的可能。藉由愛情，斯萬進入某種系譜學程序中，我們從此只能透過奧黛特來理解斯萬，因為斯萬被奧黛特的世界所他者化了。因為有奧黛特我們才有斯萬的個體化作用，主體我的知覺總是由他者所重分配，或者不如說，奧黛特所存在的可能世界提供了一個前個體化的場域，在這裡有著由奧黛特所不斷展現的特異性，等待著被攤開與「去內含」。奧黛特等同於一個問題性場域，一個由虛擬與潛能所占據的現實性，因為有這個問題性場域的構成，斯萬才被個體化為小說中所展現的狀態。因為愛情，奧黛特成為斯萬的可能性或虛擬性，如果沒有奧黛特，斯萬的個體化作用就不存在，斯萬只能是一個空洞的存有。

在奧黛特與斯萬的這個雙人組中，奧黛特是一具謊言機器（這意味著，她生產謊言，而且只因這個生產的特異性而被定義，奧黛特僅僅存在於被生產出來的謊言布置之中），她的表達充滿著由疑點、顛倒、矛盾、不和諧與虛假所產生的強度，鋪展出另一個人的前個體化場域。個體化作用啟動的條件在於各種尚未實現化的潛能，有著前個體化的特異性，這是使得個體「能差異」的虛擬性。某個人因為愛奧黛特，必須重分配自己的知覺條件以便感知這個世界的可能性，必須重新導入使這個世界成為可能的虛擬性。這個人，斯萬，不可能有一致與固定的特性，不可能以他自己的實際現實來知覺奧黛特的知覺，不可能繼續他既有的世界而不改變，因為奧黛特並不是已知現實的再現，而是其謊言與矛盾的特異性生產，是由實際現實中逃逸的造假威力，但也因此擁有與眾不同的魅力，一再引誘著不同男人陷入這個話語迷宮之中。如果要問為什麼奧黛特會這樣？答：她是陌異的他者（或她者）。這不只是說奧黛特是一個不被認識的人，因為不認識的人仍然假設了某種同一性，而他者則揭示著一個不同於你與我的世界可能性，這個可能性來自另類的知覺條件，內含了差異的真正潛能。斯萬因為愛情而進入這個他者程序中，成為造假威力的高敏感探測器，並且一再想將奧黛特的表達（謊話）反實現，以便認識這些表達所摺入的世界觀念。斯萬的功能在於，他不可能否定這具謊言機器，因為否定將意味著他跟奧黛特關係的斷裂，愛情將因此不再可能。斯萬必須伴隨這具機器的流變，它的不一致、矛盾與不可預測，並且將自我建構成不同的個體，而不是去糾舉謊言，抹除奧黛特的特異性。斯萬必須伴隨奧黛特一起流變，換言之，讓奧黛特由謊言所表達的世界成為可能。

德勒茲在《差異與重複》裡寫道：

確保知覺世界的個體化的，是他者—結構。這完全不是大寫我（Je），也不是自我（moi）；相反地，後面這兩者需要此結構以便如同個體性（individualités）被知覺。一切就如同大寫他者在客體與主體的界線上總合了個體化因素與前個體特異性，現在如同是被知覺與能知覺般提供給再現。如果要重獲在高張系列中的個體化因子與在大寫觀念中的前個體特異性，必須反向追隨這條路徑，而且，離開實現化他者—結構的主體，重新上升到這個結構自身，並如同不是任何大寫人（Personne）般掌握大寫他者，然後走得更遠，追隨充足理由的拐彎，達到結構—他者不再運作的區域，遠非它所條件化的客體與主體，以便任由特異性展開、分配於純粹觀念，而且個體化因子重分配於純粹強度。在這個意義上，思考者必然真的是孤單與獨我論的。[27]

奧黛特是一個讓斯萬啟動個體化作用的他者，但重點從來不在於他者是什麼，曾經怎麼想或怎麼做，斯萬並不只是想要知道奧黛特還有沒有接待其他戀人，當然也不只是要辨識她的謊言背後所隱藏的真相，對戀愛中的斯萬而言，奧黛特所代表的並不是這個或那個女人，因為女人街上到處到有，奧黛特是由這些女人中被特性化出來的，有著由差異的強度與觀念所實現化的表達。斯萬所迷戀的，並不是女人—奧黛特，而是她所實現化的純粹強度與純粹觀念，這就是德勒茲所謂的「他者—結構」，而奧黛特的各種表達（她的臉、行為、言說與品味）只是這個結構的實現化結果。不應該混淆這兩者，這些表達只是純粹強度與純粹觀念的再現，並不等同於能展現強度的個體化因子與呈顯觀念的前個體特異性。必須回返到由強度與觀念所說明的這個問題性場域，德勒茲說這是個體化因子與前個體特異性自由攤展與分配的場域，而斯萬－奧黛特的組合就是這個回返的程序。

愛情是虛擬性配置的組裝，在愛情中的欲望並不是針對某物或某人，而是一個配置的整體。[28]戀人首先如同一個陌生他者闖入，來自域外，不同於戀愛者已知的實際世界，充滿他所不曾參與其中的知覺條件，在兩人的相遇中戀人不斷在戀愛者的知覺界線上投射出等待被攤開與「去內含」的未知符號：她喜歡、她害怕、她生氣了、她要或不要……或者更簡單的，她愛我嗎？而且這些符號能夠被捕捉，在於「我愛她」或「我已愛她」，因為愛，符號的捕捉才開始被賦予意義。這些符號表達著一個差異的可能世界，也意味著一個已被特性化的不同知覺場域。真正激起愛情的，是戀人所表達的這個世界，而不是戀人的原初物質性。如果戀人的身體只是一塊肉塊，如果她的眼睛只是一片雲母石片，那麼愛情是不可能的，因為肉塊或石片並不內含任何外在於它的世界，而戀人則內含著因差異而陌生的可能世界，這個內含性或表達性可以視為戀人所擁有的獨一無二靈魂（âme），由這個陌異的世界不斷地

27 Deleuze, Gilles. *Différence et répétition*, Paris : PUF, 1968, 360-361.

28 「我們想提出一個新的欲望概念〔……〕，我們想說，迄今為止，您都抽象地說欲望，因為您提取出一個假設為您欲望的客體。我們想說的是，您從不欲望任何人或任何事，您總是欲望一個整體。」Deleuze, Gilles. "D comme désir", in *L'abécédaire de Gilles Deleuze*, coffret 3 DVD, Paris: Editions Montparnasse, 2004.

實現化各種特異性，有著各種不可預知的行為與話語。這些世界的表達是與戀人相遇時所可以掌握的符號，等待著被攤開，以便能感知這個被表達的世界，戀人的靈魂。在這個愛情配置中鋪滿著各種必須由戀愛者學習攤開的符號，而且必須重分派知覺條件，以便能掌握這個可能世界的強度與觀念，換言之，掌握現實的虛擬性，這個過程是與愛情不可分離的反實現作用或對戀人表達的攤開；當然，這個可能世界對戀愛者全然陌生與未知，知覺的重分配很可能不成功，因為戀人存在於知覺的界線上。這是何以我們很容易愛上陌生人，卻也往往以失敗告終。

六、戀人—結構

斯萬之戀（斯萬—奧黛特配置）與馬塞爾之戀（馬塞爾—阿爾貝蒂娜配置）分別代表著兩種可能世界，這是在小說裡激起愛情卻相互差異的兩種「他者—結構」或「戀人—結構」。將戀人的問題放置在表達性上，這意味著有一個由表達與被表達者、內含與攤開（implication, explication）、包裹與展開（enveloppe, développe）的對偶功能所操作的（萊布尼茲式的）世界。

斯萬將奧黛特的臉連結到一幅波堤切利壁畫，因畫中西坡拉的臉與奧黛特相像而喜歡這件作品，而且也因為這個相似性而能忽略現實中奧黛特臉上的不完美，並將她提升到藝術作品的高度，這兩者間的相互增強奠立了斯萬愛情的現實性。但必須注意的是，這樣的對比並不只是一般意義下的美感，奧黛特所涉及的美學問題不在於她是否因此更坐實為一個世俗眼中的美女，而是因此能在觀念上既使得奧黛特也使得斯萬都進入了由波提切利所創造的感性社群之中，敏感於由他作品所使之可能的各種風格化的線條與構圖。確切地說，斯萬透過藝術作品所尋覓的仍然是自我多樣化的可能，這個多樣化的實現由波提切利的創造性所保證，這是已被寫入藝術史的存在。至於情欲的滿足則是次要的，屬於一旦逝去便永遠死去的時間。重點因此不在於奧黛特真實臉龐上的線條，那是不完美的，重要的是由這些真實線條中所抽取出來的佛羅倫斯畫派藝術風格，以獨特的捲曲、圓弧與不可見的抽象線條纏捲出由奧黛特所命名的愛情，被斯萬提升到最高的觀念層次，至於真實肉體的接觸，在終有一日獲得後便不足為奇。[29]普魯斯特很明確地指出：

> 只有藉由藝術，我們能離開我們，知道他者在不同於我們宇宙的這個宇宙裡看到什麼，而且這宇宙的風景也如同月球一樣對我們保持未知。幸虧有藝術，我們不只看到單

29「他評價奧黛特的臉，不再根據她面頰上的優缺點及肉質的柔軟程度，因為他認為如果他有一天敢吻她，在他嘴唇觸及她面頰時就能發現。」RT I, 220; I, 272.

> 一的世界、我們的世界，我們看到世界的加乘，而且有多少原創的藝術家，就為我們擺出多少世界，它們之間的差異比起在無限中轉動的更大。[30]

波堤切利是這樣的「原創藝術家」，斯萬因為奧黛特的臉相似於他的作品而相信她包裹了由這位藝術家所使之可能的世界，那是由西斯汀教堂所代表的文藝復興早期傑作所使之可能且使「我們看到世界的加乘」的世界。

奧黛特的臉是一張被文藝復興化的臉，那是由斯萬的靈魂所獨特看到的一面鏡像，一個通道與入口，一張抽象的、爬滿美學觀念的臉性（visagéité），這就是斯萬愛情的源起。對斯萬來說，這使得奧黛特這個戀人絕對不同於其他人，使她從眾多無臉的人中被區辨出來，具有一種由藝術原創性所表達的絕對差異。這個特異且唯一的表達就只存在於她的臉所連結到的波堤切利壁畫，而且反過來，因為奧黛特所具有的臉性，迫使斯萬的知覺必須被重分配以便能進入她的可能世界。斯萬既可以由奧黛特的臉更深入地認識波堤切利的壁畫，而且反之，藉由他對波堤切利的認識也可以因此認識了仍屬於未知的奧黛特。於是，從奧黛特這張臉開始，切分成過去與未來的斯萬，未戀愛的斯萬與戀愛的斯萬，一個對波堤切利沒有太多感覺與因此未獲得太多感性愉悅的斯萬與一個因波堤切利而提升到美學高度的斯萬。斯萬被置入了一個由戀人配置所說明的愛情之中，他不再能認識奧黛特這樣的臉而不重分配自己認識世界的知覺，不可能有愛情而不發生知覺的系譜學重置，否則奧黛特的世界就不再可能，愛情也同樣就不會發生，而波提切利的作品也不再對他具有重要意義。斯萬之愛就是斯萬被迫啟動的流變程序，這是一個重分配知覺條件的主體化作用（或個體化作用），因為戀人的出現，因為戀人包裹的可能世界，主體被迫重構他的知覺以便能穿透這個世界。[31]

在奧黛特肉身與波提切利傑作之間的不可區分使得斯萬進入了他自己的愛情程序之中，這裡有著肉體上的確切存在，充滿不完美且輕易消逝，但藝術作品卻能加以修正，賦予必要的好感，並且提升了愛情的價值，從此使得斯萬不會再湧起「理想無從接近，幸福無比平庸」的悲痛。[32]然而，斯萬與波提切利或其他藝術家的差異在於，他並未完成任何作品，愛情成為他唯一可以被認為是最接近這種創造性的程序，但仍不足以稱為創作。斯萬自認為他這麼做接近了這些藝術家，因為「這些偉大藝術家也曾對這一張張臉愉快的端詳並移入他們作品中，這些臉將特異的證書給予了作品的現實性和生命，使作品有一種現代風味」。[33]僅

30 RT IV, 473-474; VII, 212-213.

31「他在書桌上放置葉忒羅女兒的畫像複製品，權當奧黛特的照片，他欣賞那雙碩大眼睛，那張讓人猜想皮膚並非完美的細緻臉龐，那飽含倦意的臉頰上美妙的鬈髮，他把在此之前從美學看來是美的東西配合到活生生女人的觀念上，將其轉化為肉體的優點，並慶幸地發現這些都匯集於他將會占有的存有上。將我們帶往一幅我們所觀看傑作的這種模糊好感（sympathie），現在當他認識了葉忒羅女兒的肉體原型後，這種好感就變成一種欲望，從此填補了奧黛特身體在開始時並未啟發他的欲望。當他久久地觀看波提切利的畫時，他想到了他覺得更美的自己的波提切利，他把西坡拉的照片拿到身邊，覺得像把奧黛特抱緊在心裡。」RT I, 221-222; I, 273.

32 RT I, 219; I, 270.

在愛情中斯萬最接近了創作的程序，愛情啟發了他的創造性但卻毫無生產，最終他獲得的只是讓他身敗名裂的愛情，還未過世便已被眾人遺忘。

在〈斯萬之愛〉中，這樣的意義也由音樂得到更充分的攤開，奧黛特是一具音樂－繪畫抽象機器。如果奧黛特的臉肉身化了波提切利在西斯汀教堂的傑作，一首鋼琴小提琴奏鳴曲的行板（andante）則賦予這場愛情最獨特的情感，成為愛情的抵押（gage）。[34]這一小段行板樂句只有五個音符，卻已足夠將整個斯萬之愛的精髓包含其中。僅僅由五個音符組成的小樂句成為斯萬－奧黛特愛情配置的疊歌（ritournelle），在混沌與未知的宇宙中啟發全新的意義，「五個音符之間極細微的間距」召喚了一股「神的力量與創造的無限威力」。這段小樂句完全不是世界的再現，而且相反地，它們的內在關係賦予了世界秩序的觀念。我們在音樂的章節中對此將有進一步的開展。

33 RT I, 219-220; I, 271.

34 RT I, 215; I, 267.

第二章

少女學

一、成為另外一夥

由愛情（或藝術作品）激起的生機與潛能僅存在於悖論之中。每一場愛情都是對愛情的反簽名，這意味著一切對愛情的證明都同時是愛情的抹除與不可能（格雷安・葛林〔Graham Greene〕的《愛情的盡頭》〔*The End of the Affair*〕），然而愛情卻僅能存在於這個弔詭的極值中，同時誕生與被抹除，在開始時便已經結束，以死亡來證明其存在，只能以其不存在來反證其存在，因為世界在真正開始時就已經明確地結束。這樣的時間性，恰恰是《追憶似水年華》所賦予作品的概念，我們在「作品」的章節裡將進一步發展。

小說裡三場愛情最終都以失敗結束，或者不如說，愛情來自於生命本身的無比好奇，只有差異於我們且讓我們感到陌異的人才會挑起激情，然而也正因為如此，被愛的戀人絕不是我們所可以認識、溝通與支配，而且一旦認識或掌握了戀人，同化為「我」的一部分，生命的未知部分便被抹除，好奇不再存在，愛情的基礎也就消失。這是愛情的疑難與悖論，構成了《追憶似水年華》的根本問題，其所涉及的生命衝動與虛擬性亦說明藝術創作的本源：愛情所包覆的生命生機（對未知的無窮好奇與由未知導致的差異化）、所顯露的時間虛擬性（未來或過去的不可見潛能）、所激起的創造力與強度（使自我轉向與再差異化的可能性），使得愛情與藝術具有同等的啟蒙意義。

愛情的哀悼，愛情等同於哀悼，愛情必須哀悼，甚至是對這個哀悼的哀悼。或者，對所有書寫者都一樣，書寫成為一種哀悼的愛情，因為在能寫下一點什麼之前，愛情已經結束，這就是愛情的巴特悖論：當書寫要開始時，語言已經提前一步失去，書寫愛情的前提是，「我愛你」已不再有實際的存在意義，已不存在，成為一則謊言。一切書寫中的愛情因此都離不開其虛擬性，是由書寫所能重新尋獲的潛能，而這種潛能，同時也是生命或藝術的潛能。

《追憶似水年華》不僅使得愛情成為界線問題而自我展示，而且使得主角迫出自身的特異性，展開全新的個體化作用。似乎僅在愛情中才可能催動個體的自我差異，才成為一個以特異性為前提的個體。愛情使得主角觸及其界線，並因此重新誕生在這個界線上。最終，不是我談戀愛，而是因為在愛情的界線經驗中才有我的特異性，才有我（與不是我的我）。我因愛情而觸及我的界線，且僅存在於此界線上。如果戀人意謂一個可能世界的包裹與內含，不同的可能世界則迫使我重新進入一種獨特個體化作用中。西蒙棟（Gilbert Simondon）對於生命活體的定義，正是這種意思，他說：「真正的個體是保存在它之中、由特異性所放大的個體化系統。〔……〕個體，透過它存在的能量條件，並不僅在它自身界線之內；它自我建構於自身的界線且存在於自己的界線；它來自一種特異性。」[1]這段話必須以個體這個詞的最強意思來理解，個體等同於特異性的生產，這是致使個體與個體相互差異開來的動態程序。特異性不同於普遍性，普遍性意謂平均與相等，然而特異性則產生在個體自身的界線

1 Simondon, Gilbert. *L'individu et sa genèse physico-biologique*, Paris: Jérôme Million, 1995, 60.

上，來自因越界所顯現的邊界。西蒙棟明確將特異性與界線連結在一起，這是構成個體，換言之，個體化作用的條件。

所謂個體，並不只是一個人、一隻狗、一片葉子或一杯水，而且更是由能量的內在共振所表達的構成性總體，也是由其所能觸及（或所能跨越）的界線所創造的特異性。因此一群海鳥、一團雲霧、一陣海浪、一首音樂或一個舞團都可以是個體，它們形構了僅由其組成元素的內在共振所定義的繁多（multitude），這是由組成分子的交互作用所共構的複合體，亦是由自身能量在分子層級的強弱消長所表達的內在性布置。這種因陌生特異性被辨識（distinct）卻不可指定（inassignable）的繁多，普魯斯特常用 une bande 來形容，中文的意思是一夥或一幫。一夥是一種流變團塊，展現著組成分子在同時間（contemporain）的動靜快慢。因此在某種程度上，當一夥跟它的周遭並置時，必然是另外一夥、分開的一夥或單獨一夥（bande à part，小孩子常說「我們是一國的」，因為跟其他人「不同國」）。一夥必然具有使其成為一夥的特異性，它劃出了界線，變得可辨識，它就是這個界線的存在本身。

《追憶似水年華》對夏日海灘有極鮮活的描寫，這是愛情萌芽的場域，主要涉及六個活潑、鮮明與充滿生命力的陌生少女。她們化成一群、一夥或一團的繁多，因為差異於她們所處身其中的環境而被區辨，「形成了一片特異斑痕的運動」。[2]我們或許可以問，這一夥海灘少女所激起的特異性放大了何種個體化系統，表達了什麼能量的內在共振？[3]這一夥不僅標誌著一群少女所表達的差異，流動著她們由內在共振傳遞的能量，而且使得主角必須重分配他的知覺系統才能觸及仍然停在非思領域的特異性。[4]

海堤上漫步著各種遊客，有的走動有的靜止，但這一夥少女因為在動靜快慢的「同時間」上另類於其他人，打破海堤的歷時性平面，因而有著非人的隱晦（像一群鳥），又有著由她們自身共振所清楚決定的潛能。[5]這個潛性推動這一夥的流變，所謂潛能並不是用來說明已經可見的力量或運動，力量或運動是可以預測的，依循著機械性的軌跡，在給予的時間裡抵達指定的目的，然而擁有潛能的生命流變則不同，這是「促使差異」與「使差異差異

2「幾乎就在海堤盡頭，五、六個小女孩形成了一片特異斑痕的運動，我看見她們向前移動，無論在外貌還是舉止，都差異於在巴爾貝克司空見慣的人們。像是不知來自何處的一群海鷗（une bande de mouettes），在海灘上踱著方步——遲來的海鷗飛著追上其他海鷗——散步的目的似乎與海水浴的人一樣隱晦，但卻又由牠們鳥類的精神所清楚決定。」RT II, 146; II, 362-363.

3「個體化原則是在內在共振的能量系統中。」Simondon, Gilbert. *L'individu et sa genèse physico-biologique*, Paris: Jérôme Million, 1995, 60.

4「這一小夥宛如古希臘處女的組成般高貴，給我的愉悅來自她們擁有著像路上的路人身上逃離而去的某些東西。存有的這種轉瞬即逝性不被我們所認識，迫使著我們由習慣的生命中啟程，將我們置入想像無窮的追求狀態，而我們常交往的女人最後則會曝露她們的短處。」RT II, 153; II, 370.

5在費里尼的《阿馬珂德》（Federico Fellini, *Amarcord*, 1973）中，整個小鎮居民一起前往海邊搭船，對於「走路的一夥」有極風格化的運動影像，每個居民都各自行走，鏡頭在一個平滑空間裡成為一種視覺流（flux de la vision），即使行人的運動已流溢出鏡頭外，仍然與鏡頭中的其他行人維持著不可見的內在共振，他們隨機地與安那其地創造了一個特異的時空構成，促成了一個遠比鏡頭更大的流變團塊。

化」的非同一性構成，生命因為擁有虛擬性而總是朝向不可預測與流變—不可感知。這一夥少女在海堤的首次出現因為對既有秩序造成擾動與混亂而不可定義，她們確切是什麼暫時不可知，只能以時間性來定義：她們「同時間」，換言之，她們「不同時間」或「不合時宜」於海堤的既有世界，與其他遊客不處於共時性的世界，加速或減速了時間，繁多化了時間的質地，時間（而非物質本身）成為定義繁多的重要元素。成為另外一夥並不是在原有建制外成立另一個建制，不是以這一夥來取代海堤上原來那一夥，因為重點是另放一邊（à part），不管已經有多少既有組織，都只能成為另外一夥，無法加入既有系統，也不是擴充了系統，因為這另外一夥在本質上差異。或者應該反過來說，成為另外一夥的原因是她們由所有系統與建制中逃離，不加入任何一夥，卻擁有非常不同與「同時間」的動靜快慢。重點不是聚集成黨，而是製造且持續維繫不可被和諧與無法溝通的「另放一邊」，甚至抵達非人（impersonnel）的狀態。不是因為運動的慣性而是因為軌跡的改變與斷裂而被區辨，因為不可預測而被另類地認識。最終，唯一可以辨識的特徵不再是連續的運動，而是更快、更慢或突然轉向的（加）速度，不再是同質的軌跡，而是異質的強度量。

另外一夥的重點不是另立山頭或組織，而是維持永遠另放一邊的潛能。是因為總是被同時間性地另放一邊，所以成為去建制化的一夥，而不是因為有任何法則而組織成為一夥；換言之，不是由外部與超越的法則所治理的一夥，而是由內在共振的特異性所表達的一夥，這一夥打破所有外部的法則。另外一夥因此不是來自組織，反而首先是因為去（除）組織化與非建制，不是因為可被指認或命名而被認識，而是成為總是不可指定、未知的無器官身體（corps sans organs）；不是建構了某個認識疆域，反而是對既有認識的解疆域化，逃離而不是定居。這樣的另外一夥也可以是視覺的，或者特別就是視覺的，是為了撕裂視網膜平面所製造的不共時效果。在培根（Francis Bacon）的畫上可以看到等同於肉塊的人體歇斯底里，這是在平塗底色上的不共時顫動，它標示了因為能量過度聚集而另成一夥的視覺區塊，在這個區塊裡有著特異於其他卻「同時間」的力量安那其運動。在馬內（Édouard Manet）的作品中，這樣的色彩區塊也構成他最風格化的作品，畫中的其他部位似乎僅只是為了表現這個能量脫軌與溢出的「同時間」才存在。

一八六六年的〈隆尚賽馬〉（*Courses à Longchamp*）以光的速度呈現三種迴然視域：觀眾席上湧動的深色色塊是騷動的人影，以細小單元但更大幅度與強度在風中顫動的綠樹與白雲，以及垂直躍出、意圖劈裂畫布表面的奔馬。我們同時看到因自主的原地運動而熾烈內爆的觀眾席、因不自主的顫動而糊焦的綠樹，與暴力破出畫面瞬間的奔馬，畫布中的三種運動處在不同的時間流湧之中，各自誕生並演化著由顏色所特化的生機與動態。站在跑道正中央的觀畫者眼球被切割，以便符合視覺多樣演化與差異化的絕對要求。彷彿馬內在十九世紀中葉便已要求他的觀眾必須在自己眼球上開出多重視窗，大腦必須多工運行！[6]

二、錯差的存有發生學

一夥少女因速度與強度的「同時間性」，由習以為常的陽性疆域中逃離，無法再以既有名稱命名與指定，因此而成為同一夥，另外一夥：少女的、陰性的、不可指定的這一夥，以逃逸的潛能展現陰性的虛擬性。對於這一夥，陽性的建制思考不再可行，而且基進地說，必須反過來，陽性僅僅因為經由這個以逃離它為主導動機的「陰性虛擬性」，才能真正被思考與確認。這是為什麼巴迪烏說：「男人只有如同是其陰性虛擬性的實際化才是可思考的。或者說得更好一點：他只有對於陽性是不可指定的才是可思考的；因為他的陰性虛擬性本身就是陽性疆域的逃逸線。」[7] 換言之，正因為有另外一夥，既有的建制與系統才有思考的可能性，才取得了一種繞經外部所表達的特異性。不是由既有建制的法則來同化它所不可思考之物，相反地，是因為有了它所不可思考之物，才取得思考的條件。巴爾貝克這個海灘變得可以思考，是因為有了實現其虛擬性的另外一夥，而在海堤上走動的遊人則只是不具特異性且轉瞬即逝的現象。

另外一夥的虛擬性建立在以差異為前提的思考上，而且反過來定義它所差異化的對象。因此陰性的另外一夥比較不是對立於陽性的既有建制，而是從中逃逸，開展一種以繁多為前提的游牧性，而且因為非思而給予了可思考的條件。

> 在她們之間相互瞭解的這種意識相當親密，以至於能一直一起散步，形成另外一夥，在她們的身體之間製造了獨立與分離，而這些身體緩緩向前，有不可見卻和諧的連繫，如同是同一個熾熱的黑影、同一種氛圍，使得它成為各部分都同質的整體，緩緩行進中的她們這一行列在群眾之中卻相當差異。我從那個推自行車棕色皮膚的大臉頰少女身邊經過，有一瞬間，我與她那斜睨又含笑的目光交錯，那是來自封閉著這個小部落生命（la vie de cette petite tribu）的非人世界深處，不可進入的未知，我是什麼的想法肯定抵達不到也找不到位置。這個將馬球帽在額頭上壓得很低的年輕少女，完全被同伴的話語所占領，她眼裡發散的黑色光芒遇到我時有看到我嗎？如果她看到我，我能在她那裡再現出來的是什麼？她由哪一種宇宙深處區辨出我來？這對我也是很困難說的。如果我們借助望遠鏡在鄰近天體中發現了某些特殊性，很難由此就做結論說，有人類居住，他們看著我們，而且這個目光能喚醒他們什麼想法。[8]

普魯斯特以「鄰近天體」再次強調這夥少女的陌異性，甚至以外星存有或「小部落的非

---

6 楊凱麟，《虛構集》，台北：聯經，二〇一七，一六三—一六四。

7 Badiou, Alain, "De la vie comme nom de l'Etre", in *Rue Descartes*, No. 20, Mai 1998, 27-34, 28.

8 RT II, 151; II, 368.

人世界」來他者化一整夥少女。然而這個他者化並不僅僅只是因為陌異或非人，不是因為少女還不被認識，而是更重要地，這一夥表現了生命的特異能量，以其未知與陌異的生機來逃離認識的鮮活生命。

這樣的一夥少女，像是在同質場域中攪動的「特異斑痕」或「熾熱的黑影」，一方面是外部既有法則所無法穿透，但另一方面，它以重新誕生的非思來強迫既有世界思考，以它的不可感知與不可定位來重分配感知條件。少女是一種錯差（disparation）的存有發生學（ontogenèse），因為內部錯差的不可消除而激生能量，而且隨著行動的進行源源產生。

錯差是與周遭的不協調，這個詞同時也是物體在左右視網膜上的視差，立體的視覺其實是兩幅差異影像轉導（transduction）後的「不協調的協調」。西蒙棟因此認為，完整現實必須從存在錯差的「前個體化狀態」開始考慮，它介於至少二種現實之間，先於一切個體原則（形質論、主體、理性……），必須經由轉導才成為完整現實。他寫道：「轉導是一個維度的發現，此維度的系統使諸項目的維度溝通，且此領域每個項目的完整現實得以毫無損失且毫無化約地在新發現的結構中獲得秩序。」[9]現實既不是辨證的也非階層或邏輯的，而是來自錯差的轉導。轉導可以發生在物理層次、生命層次或心理層次，西蒙棟的創新之處在於指出，思想也是轉導的。知識的轉導意味著「發現問題性能據以定義的維度」。[10]

這個思想與存有的同一有極大的重要性，對西蒙棟而言，康德仍停留在先天感性形式與後天物質分離的形質論中，以至於認識的可能性必須奠立於認識主體的建構行動。然而，個體化作用並不允許預先存在的觀察者，對存有轉導的描述也必須是轉導性的。西蒙棟思想的嚴格內在性首先奠立在一種對一切預設原則的拒斥上（甚至對預存的觀察者—主體的拒斥）；其次，則是思想與個體化作用的絕對等同。思考是被審視項目的一個轉導維度，是一系列與這些錯差項目共同個體化的問題架構。個體化作用同時催生二種轉導程序：個體化作用本身及對個體化作用的思考。西蒙棟使得思考者亦必須伴隨前個體化場域中諸錯差組成物的內在共振，因此確保了思想的內在性。

> 要公理化前個體化存有的認識，不能被含括在一種預存的邏輯，因為沒有任何規範、沒有任何脫離其內容的系統可以被定義：思想的個體化作用只有透過自我完成才能伴隨另類於思想的存有的個體化作用；我們所能擁有的個體化作用因此不是一種立即的認識亦非中介的認識，而是一種平行於已知操作的認識；我們不能，以一般意義下的，**認識個體化作用**；我們僅能個體化、自我個體化，與在我們之中個體化；這種掌握因此是，確切地說在認識的邊緣，一種介於兩種操作間的類比（analogie），某種溝通模式。外部於主體的現實個體化作用被主體所掌握，歸功於在主體中認識的類比性個體化作用；

---

9 Simondon, Gilbert. *L'individu et sa genèse physico-biologique*, Paris: Jérôme Millon, 1995, 32.

10 Simondon, Gilbert. *L'individu et sa genèse physico-biologique*, Paris: Jérôme Millon, 1995, 31.

> 然而，這是**認識的個體化作用**而非僅只有認識，無主體的存有個體化作用被掌握。存有能被主體的認識所認識，然而存有的個體化作用只能被主體認識的個體化作用所掌握。[11]

認識的問題由康德的認識可能性被西蒙棟的認識個體化所取代，而先驗主體也被轉導主體所置換。生命現象是一種雙重個體化作用，我們不可能理解個體化作用，除非我們的思想本身就內含於個體化作用之中。西蒙棟提供一種獨特的思想與存有同一：一邊是大寫自然的流變，轉導後則是大寫思想的流變，這兩者只不過是同一個體化作用的兩面。不存在一個獨立的先驗主體以便認識存有，而是認識本身就是個體化作用的另一維度，因此我們不是思考某物（penser à），而是伴隨某物思考（penser avec）。

轉導是個體化作用的機轉，來自至少兩種差異項目間由錯差所創生的全新維度，這個維度並非兩者的一致或一般性，而是其內在共振。視覺的立體化影像是不可能的，如果沒有左右視網膜的影像錯差；但視覺的產生也不來自兩錯差影像的一致或和諧，而是產生於足以快速穿梭兩錯亂影像的全新維度，兩影像的內在共振或暴力溝通。

三、活體物質

少女是一種正在變化，尚未定型或指定的生命，借用梅洛龐蒂形容塞尚（Paul Cézanne）的話來說，這是「正在給出形式的物質與自發性組織的初生秩序」。[12]這樣的活體物質展現的並不只是正在發生變化與可指認的現在事物狀態，而且更反映著將臨未來所具有的不可知潛能，生命的可塑性（plasticité）遠高於已固化的部位，不可見的虛擬現實遠大於可見的實際現象。與其說是這一刻到下一刻的改變正在發生或已經發生，更應該說這是將整個不可預知的未來摺入現在所產生的高度虛擬性，是在當場且立即（hic et nunc）中展現的不可指定多樣性。在這個由複數錯差而不是單數均質所描述的存有狀態中，慣性尚未形成，運動並不由軌跡的延續所說明，而是由其破壞來表達，時間的無窮分歧與岔路仍然在每一刻產生，現在只是以無窮層次摺曲起來的未來，這是鮮活生命在存有發生學面向的直接展現。因為有被摺入現在卻差異於它的未來，現在才具有思考的可能性，但這不是由現在已實現的現實來同化它所不可思考之物，相反地，是因為有了現在所不可思考之物，我們才取得思考現在的可能性。必須在被表達的現實中重新尋獲這種時間的拓樸學，未來並不是現在的同一性延續，

11 Simondon, Gilbert. *L'individu et sa genèse physico-biologique*, Paris: Jérôme Millon, 1995, 34.

12 Merleau-Ponty, Maurice. *Sens et non-sens*, Paris: Gallimard, 1996, 18.

而是相反，現在只是未來所無窮摺曲的一種可能，時間是差異地摺曲未來的運動，而存有的維度則因為這個操作而不斷被擴增：「時間自身，在這種存有發生學的角度下，被視為能個體化存有的維度性（dimensionnalité）表達。」[13]情人十五歲時鮮嫩亮麗的臉摺曲著年老時那張壞毀的臉，差異總是被虛擬地摺曲與內含於時間之中，而且就是時間自身，並且以「前未來式」成為現在的表達：「我將來已經……」然而，現在尚未（現在仍然）只是未來的一個拓樸學可能性，在現在之中摺曲著一個不可思考的未來，而知覺的可能世界在這個未來摺曲中正在攤開，正在個體化為差異的存有。未來將臨，而且已經摺入當場且立即的現在，我們不知道那個世界**將已經**是什麼，但現在已不可阻止地正流變為這個未知與非思的世界。

在時間的每一瞬間切面中，同質的連續性因無法誕生而讓位給不穩定的對立，失序遠多於秩序，而且因此產生差異的潛能。每一瞬間都在不可測的變動之中，都不是為了固定下來而是製造了更多的不確定，都因能量的過度飽和而不斷變型，形式的給出與秩序的新生尚未結束，這便是在時間中所擴增的維度性，其實就是時間自身。少女的特異性正展現在這種可見性上，她們使得虛擬的潛能與增生中的錯差成為一種可見的生命模式，展現的不僅只是事物的變化，而且是允許事物變化的維度。時間不是已實現化的現象，而是潛能的表達，即使是已經逝去的過去，仍然不是已決與靜止的，而是在個體化作用中，重新翻新與轉導為能量的虛擬性。個體不是不動的無生命雕像，而是與它同時間的環境共同展現「能變化」的潛能。一夥少女在這種不穩定的對立與持續的失序中構成自身的個體化作用，不是某種已定型的物質，在歷時的時間縱軸與共時的環境橫軸之間，少女由多重錯差的轉導所構成，正變化中的少女既非縱向的延續亦非橫向的關係所可以說明。轉導是一種橫貫的運動，它使得年輕少女逃離了刻板與固定的處女性（virginité）。德勒茲與瓜達希因此說：「以有機或莫耳的意義而言，年輕少女無疑會變成女人。然而反過來說，流變—女人或分子化女人就是年輕少女自己。年輕少女當然不由處女性來定義，而是由運動與靜止、快速與慢速的關係，由原子的配套，粒子的發射所定義：單體（heccéité）。她不停地奔跑於無器官身體上。她就是抽象之線，或逃逸之線。所以年輕少女並不屬於某一年紀，某一性別，某一秩序或領域：她比較是在秩序、行動、年紀、性別間滑動；她在逃逸之線上生產n種分子化性別，根據她由一端穿越到另一端的對峙機器（machines duelles）。〔……〕年輕少女就如同每一可對立項：男人、女人、小孩、成人都保持同時間的流變團塊。並不是年輕少女變成女人，而是流變—女人使得年輕少女變得普同（universelle）。」[14]少女所具有的不定型流變，來自可對立項之間不可指定的同時間性，這是由多變化的少女所表達的錯差，而且時間因為少女而成為自身維度性的展現，成為一種無形式的可塑物。普魯斯特正是這種少女學的專家，[15]〈在繁花盛開的少女陰影下〉這麼描述一夥少女：

---

13 Simondon, Gilbert. *L'individu et sa genèse physico-biologique*, Paris: Jérôme Millon, 1995, 32.

14 Deleuze, Gilles & Félix Guattari. *Mille plateaux*, Paris: Minuit, 1980, 339.

這幾位少女的臉仍然暈紅著青春的晨曦，我的年齡則已經在此之外，這晨曦照亮在她們之前的一切，恰似某些流暢的原始繪畫，在黃金的底色上使最無意義的細節從她們的生命中突顯起來。這些年輕少女的臉大部分與晨曦那含混的紅色混成一體，真正的線條尚未從中湧現。人們見到的只是迷人的色彩，幾年後會成為的外觀還無法分辨。今日的外觀還沒什麼是確定的，可能只與某位已逝的家庭成員暫時有些相像，這是大自然的紀念性致敬。再沒有什麼可等待的時刻來得飛快，身體已定著在不再許諾任何驚喜的不動中，如同在盛夏時葉子便已枯萎的大樹，在仍然年輕的臉龐四周的頭髮脫落或花白，在看到這樣時便已失去任何希望。這絢麗的清晨是這麼短促，以致有人只愛極為年輕的少女，她們的肉體像一塊珍貴的麵團仍有待發酵。她們只不過是一團可延展的物質，由主宰她們的流動印象所隨時塑形。簡直可以說，她們每個人都由直率、完整而又轉瞬即逝的表達所模塑，輪流是歡快、年少老成、溫存、驚奇的小小雕像。這種可塑性使得一個年輕少女對我們展現的和善關切有著許多變化與魅力。〔……〕而青春期在完全固體化之前，也因此在年輕少女旁會感到這種翻新（rafraîchissement），由正不斷變化的形式所給出的景觀，玩著不穩定的對立，使人思及在大海前冥想時自然的原初元素的永恆再創造。[16]

由一夥少女所表達的可能世界，並不是要以另一個世界取代既有世界，而是為了由已決的形構中逃逸，瓦解既有建制的疆域，成為「一團可延展的物質」，她們是可塑性本身，而且以其差異的流變表達著時間可擴增的維度性。由少女所展現的虛擬現實正是愛情發生學的基底，而也正是如此，對少女之愛**將已經**摺曲了未來的不再愛，因為少女很快地即將不年輕，壞毀的臉早已經摺入青春的線條之中，等待被完全攤展開來。死亡在望，但一整夥少女都仍然青春洋溢，如同「一團珍貴的麵團」等待發酵，但將臨的未來已不可避免。

四、少女與流變

普魯斯特使得小說書寫必須面對語言裡一切的「是」與「變成」，這兩者表達著完全差異的現實。少女學似乎因此成為一種關於「變成」或「流變語言」的使用說明。普魯斯特如同鳥類愛好者對於野鳥的分類般，建構了一門屬於流變的動詞分類表，涉及動詞詞性、變

15 普魯斯特稱為「年輕少女的愛好者」（amateur de jeunes filles）。「在樹林裡，鳥類愛好者立刻分辨得出每一種鳥特有的啼囀，一般民眾則混淆不清。年輕少女的愛好者知道人類嗓音比那還要變化多端。每一種嗓音擁有的音符都比最豐富的樂器還多，這些音符的組合又與人的個性變化無窮一樣無窮無盡。」RT II, 261-262; II, 490.

16 RT II, 258-259; II, 488.

化、時態……不同運動狀態與時間維度。用動詞指涉的運動說明運動，用它本身的改變說明改變，而不是借用時間副詞（過去是，現在不是……）來間接影射改變。少女成為一個同時是年輕與蒼老的時間維度性，因為青春即是不止息的「變」：少女不能不變得比較年輕以便能變得比較年老，少女同時變得比較年輕也變得比較年老，變得比較年老因為變得比較年輕，或反之。當然，變得年老與變得年輕並不在同一個觀看平面上，或者不如說，變得年老與變得年輕是同一個流變平面的正反兩面，流變的雙向往復運動。少女永遠不「是」年輕，也永遠不「是」年老，因為如果少女「是」年輕的，她不會再變得年老，她永遠「是」年輕。理由簡單有二：第一，只有年輕才會變得年老，年老（已經年老）無法變得年老，然而在時間中的存有必然一直變老，不存在任何不再變得年老的「年老自身」（年老存有或年老實體）；第二，在《巴門尼德篇》中，柏拉圖清楚指出：「如果一切流變之物從來無法逃離現在，那麼當它一存在，它就已停止流變且它因此是它過去所流變成為之物。」[17]這句話可以有許多意思，首先它寓意流變必然得逃離現在，其次，停駐於現在之物停止流變，成為過去所流變成為之物，換言之，過去既不曾「是」年輕，未來也不會「是」年老。因為如果過去「是」年輕，現在「是」年老，那麼現在與過去便產生不可彌合的斷裂，指稱年輕與年老的「是」在時間中不可能同一。

柏拉圖謹慎區分了兩種時間性，因為兩者的混淆是致命的。在一個句子裡他說：「當流變為較老的一與現在相遇時，它停止流變且它在此刻就是較老。」（§152d）；在另一個句子中他則說：「對於〔現在〕流變為差異者，它既不能是過去流變為差異、不能是應該流變為差異，也不是〔現在〕是差異：它流變為差異，就這樣子！」（§141b）「是」差異跟「變」差異很不一樣，或者更確切地說，「變」差異並不是差異，它既還不是差異也不已經是不差異，柏拉圖最後說，變差異就是變差異，不能再解釋，無法問它現在「是」還是「不是」差異，因為它正在「變」，而正在變的東西既非A也非B。在這兩個句子裡可以區辨兩種不同時間性，一種是「是」的時間，「如果一是，那麼一在時間中」（§152a），一所參與的這種時間是現在，流變停止，因為「是」指稱本質。「人是理性動物」並不會隨著時間的前進有所增損，也不因此變成「人是更理性動物」，同理「雪是白的」也不會因時間而變得「雪是更白的」。年老停止變得年老，因為年老過去是、現在是、未來也是年老。換言之，說「是」意謂一種「現在」時間性，並不是說它沒有過去或未來，相反地，在這種時間性裡充滿了過去與未來，因為它必須憑藉這兩者來說明它自身所無法說明的流變。因此，在「是」的時間性裡總是同時隱藏著它的三個分身：過去現在、當下現在與未來現在。時間在這裡成為一種透過各種不同現在所說明的歷時順序：現在逝去後成為過去（已逝去的現在或過去現在），而未來就是還未降臨的現在（未來現在）。過去、現在、未來其實沒有質的差異，只有順序的不同。因此由現在完全可以解釋過去或未來，因為過去與未來不過是占據同一歷時

17 Platon, *Parménide*, §152d.

軸線上的不同位置。過去是已逝的現在，未來是尚未降臨的現在，在這個歷時時間性中，存有安然地固著於永遠的現在之中，而時間就如同是無數個現在的組合，這亦是奧古斯丁（Augustin d'Hippone）在《懺悔錄》（*Les Confessions*）中提出的著名時間概念。

讓我們再回到年輕與年老的問題上。在少女所曾是的年輕過去與將是的年老未來之間、在過去所曾「是」與未來所將「是」之間、在「是」的過去式與「是」的未來式之間，也在曾經年輕與將要年老之間，時間被卡住了。因為在過去「是」與未來「是」之間有一個現在「是」無法理解。過去曾經是年輕的，未來將要是年老的，那麼現在既不是年輕也不是年老，因為既不再是年輕的，也還不是年老的，既不年輕也不年老，既不不年輕也不不年老。

過去與未來，曾經與還未，年輕與年老，在這兩者之間或中界於兩者到底發生了什麼問題？年輕不等於年老，這兩個詞彙存在無可消解的差異與對立，但過去年輕的卻可以未來年老，介於這兩者之間，似乎隱含著一種指向差異的力量，使得過去年輕得以差異化為未來年老。換言之，年輕的已成為過去的你與年老的尚未來的你之間，唯一的連結是一種差異的力量。少女不可能是年輕的，因為少女要是年輕，就永遠不會是年老；換言之，少女只能變得比較年輕，相對於未來變得年老時；同樣地，少女變得比較年老，相對於過去年輕時。相對於過去／相對於未來，少女忽而年老忽而年輕，但是在年輕與年老這條時間軸線上，現在的少女卻永遠不是已經太年老就是仍然太年輕，既太年輕又同時太年老。少女永遠已經變得太年老，相對於年輕；永遠變得太年輕，相對於年老。柏拉圖說：「如果它繼續前進，它將永遠不會被現在所捉住。它其實處在同時接觸兩事物（現在與未來）的前進中，放棄現在、捉住未來且運動於兩者（未來與現在）之間。」（§152c）不被現在捉住，且來回於現在與未來，這是柏拉圖對流變的定義。從這個最初步的界定中回頭看那一夥年輕少女，介於年輕與年老這兩種狀態，少女成為那個無法被述說的「間」（entre）。當我們說過去年輕未來年老，唯一不能說明的卻是從年輕到年老之「間」。

年輕少女因摺曲了變化的未來而成為純粹的「間」，她們的臉宛如「東方神譜中神的臉，在差異的平面中一整串並置的臉，無法一次盡覽無遺」。[18]正是在此，愛情開始萌芽。

18　RT II, 268-270; II, 501.

第三章

液態繪畫

一、現實：「重瞳」的複式構成

時間與空間並不只是先天的內、外感性，而是涉及創造性的表達，這是為什麼面對作品時，時間與空間的獨特構成總是成為最關鍵的問題。每一件作品都離不開它所創造的時空，而且因為這個時空而具有其生機，創造性僅在特屬於自身的時空中存在。作品即作品所內在其中的特異時空，對於這個時空的分析將構成了基本的批判性評論。這意味著，對一件作品的評論等同於對其時空創造性的評論，是對於時間與空間的特異性分析，作品的存有條件在於伴隨它而生的高張、不可共容或矛盾的時空特性，尋覓其存在的條件，以及由此衍生的存有學意義。正是這些非比尋常的狀態，作品促使我們思考它所具有的不可能或不可思考的時空，而且總是因此再擴延了我們的感性，提供現實的差異維度。在繪畫、音樂、劇場與電影中，時間與空間因而並不是經驗的簡單呈現，時間既不停留在物理學的均質鐘面刻度，空間亦不只是幾何學的距離測量。因此經驗不足以成為時空創造性的判準，相反地，作品總是重新撬開時空的慣性圍籬，嘗試遠離平庸的日常性，揭露並重構現實。嶄新與差異的時空揭示著另類於我的虛擬性，這是經由作品所一再重構的感性教育。

作品因而總是要求著知覺空間的重分配，必須更新、改動與差異化既有的可感，以便能觸及一個全新與差異於我的可能世界，這是既有世界尚未實現的潛能與繼續湧現的變化威力，而作品即是這個可能世界的獨特表達。作品因此從來不只是單純的經驗現實，而是感性重置之後的世界，由此重新激活了現實，賦予生機，這是事物存在的真實意義。

作品是對於差異世界的要求，而不是為了確認知覺的同一性。因此畫布上的圖像即使相像，卻絕不是事物的模仿與視覺的再現，而是知覺空間重分配下的時空重構。每一幅畫所欲描繪的，不是某一靜物、風景或人像，而是使得視覺形像轉化為繪畫作品的重構：因為有非比尋常的時空，而促成了事物在畫中的存有狀態。被畫出來的，並不是任何事物，而是時空的創造性，畫中的人或物只是這個時空的具體化。作品意味著世界的差異，但是在差異者之間亦互相差異，差異總是差異於差異，必須對於每一個差異者（作品）提出特屬於它的時空分析。或者應該說，事物都只不過是為了表現已經被畫家所重分配的時空而存在。作品以時空變化作為存在的前提，甚至就是這個變化本身，是為了表達這個變化而有繪畫、劇場或音樂，而對於這些藝術作品的認識無疑地亦應由變化著手。

如果繪畫不等同於視覺所見，而是創造了差異的時空構成，由視覺的既有經驗中畫出逃逸線，那麼每一幅畫的存在便都是已知的世界擴增與加倍，使得現實奠立在一種重瞳的複式構成之中。普魯斯特的小說明確地在許多面向上呈現這種多重疊套的平行主義，整部小說就是這種時空樣本的重複採樣與創造。小說開始於中年的馬塞爾吃下馬德蓮，敘事隨即跳接童年的貢布雷，過去以充滿生機的方式湧現於繼續生活中的現在。真正啟動小說的，是現在與過去的共存狀態，整部《追憶似水年華》就是現在與不同過去的不自主錯接，小說的現實成立在多重時間的異質交纏（chiasme）之中。儘管深刻的歡愉與痛苦將隨著時光的逝去逐漸遺忘，不復記憶，生活總是填塞著平庸與懶散的現在，過去並不會因逝去而消失，相反地，現在只因為被再度激活的過去而真正存在，鮮活的過去遠比平庸的現在更真實。馬德蓮作為時間交纏的「節點」，促成了已遺忘過去的重新返回，但這並不只是為了展示故事倒述的技巧，也不是單純意味著主角沉緬於過往的美好時光，不願面對現在的現實，相反地，現實總已經是無數的「強過去」與平庸現在的交纏，生命從來不是單薄活在「只為了消失而出現」的現在，[1]而是如同柏格森（Henri Bergson）所預示的，過去總是虛擬地與現在共時與共存。現在轉瞬即逝，但其實是因為過去無間斷地實現為總是被取代的現在，過去成為現在不斷變化的潛能，成為各種現在知覺的基底。

在平庸現在中有已經被遺忘的強過去，普魯斯特使得小說成為必須由時空的感性強度重構的敘事。時間不再服從於歷時順序，而是由內在於每一時刻的不同時間疊層所決定，現在的知覺不斷往它的過去層擴散，因而有強度的消長增減；現在的馬德蓮因為伴隨著高強度卻已遺忘的過去層，成為構成小說現實與生命質地的啟發物，由這裡進入一個潛能飽滿的現實之中。每一刻鐘因此並不是等值的，經歷的時間不可能被同質切分與平均，小說裡的時間由強度不同的各種過去所定義：因等待母親而失眠的、戀愛的、嫉妒的、外祖母死亡的、在海灘漫遊的、旅行於威尼斯的……。這些強過去以差異於現在的強度不自主地湧現，襲捲時間的進程，夾帶著強度的過去游牧於生命之中，最終構成小說的時空現實。這個現實反映了生命的特獨質地與歷程，它既是由小說的敘述所直接給予，但其實更是源自構成小說現實的風格化時空，差異化的過去以不同的強度鋪展出現在的存有模式。

現實由時間的疊層化所構成，過去與現在平行，小說如同是時間層的橫切面，不同的過去與現在共存在同一個切面上，構成了現實的真正質地。小說時間是感性強度量的時間地勢學，均質的時間只是表象，這種時間意識將時間等同於平庸與無差別的現在，然而普魯斯特卻使得現實成為強弱的異質時間布置。

時間的雙芯構成使得作品不再全然等同於平庸的當下現實，現在與過去的共時性使得被遺忘的過去從來不曾真正逝去，而且當現在不可預期地被強過去闖入時，時間的表面秩序被擾動，被遺忘的過去強度懸置了現在的機械性進程，早已麻痺遲滯的心靈便得以被重新激活，這便是創作開始的契機。普魯斯特以時間的雙重性（過去與現在的共時與共存）賦予了創造性心靈的基底，這個時間的平行主義貫穿他的整部作品。雙芯的時間成為創造性的硬核，理解現在存有的關鍵並不存在於紛亂的眼下，即使窮盡眼目亦不能洞徹事物的真理，因為再怎麼鉅細靡遺的現象觀察都僅停駐於時間的現在部位，而且最終只會證成生命的平庸與無聊（一切哄鬧譁然都將再被新的哄鬧取代，現在是各種哄鬧的輪番上場但也是一切上場者的隨即淡忘）。「觀察者」龔固爾兄弟（frères Goncourt）將寫作等同於每一場晚宴的紀實書

---

1 可以參閱奧古斯丁在《懺悔錄》第十一卷對現在的定義。

寫，雖然滿足了人們對於沙龍與貴族生活的好奇，然而這樣的寫作停留於人事的表面形象，話語被原樣捕捉後再現於紙頁，即使當下的對話怎麼風趣慧黠，a＝a＝a……對新奇事物層出不窮的關注意味著僅滿足於空泛的好奇，成為波特萊爾所批評的、不具創造性的漫遊者，[2]眼前的繁華在事過境遷後只屬於已逝的平庸現在，並不足以喚起更多的意義，因為現在只是「為了消失而存在」的時間。人事不斷更迭替換，正行進發展而被無比關注的現在事物在下一段時刻裡便被更新的事物取代，生命在朝夕變動的事物間耗盡，以為充實其實卻是不斷自我空洞化的過程（現代性的漫遊者），無一能留存，一切都已注定是下一刻荒蕪的廢墟，在現在獨自存在的時間裡，生命並不因世界的新穎哄鬧而意義充盈，相反地，一切都因在下一刻被取代而平庸與毫無價值。

二、陰性繪畫：女人的三種變型

現在轉瞬即逝，這是何以作品絕不是經驗的再現，即使經驗對於創作不可或缺。在思考畫家埃爾斯蒂爾的作品時，普魯斯特寫道：「生命與料（données）對於藝術家算不得什麼，只是用以顯露其天賦的機會。」[3]然而，能使作品顯露卻明確區別於生命與料的天賦究竟是什麼？[4]龔固爾兄弟將作品等同於生命與料的書寫無疑地正曝露其天賦的欠缺，因此算不上偉大的作品。或者應該更進一步地說，正是通過作品所顯露的天賦，生命與料不再重要。如果無法理解普魯斯特在作品與生命與料的明確區分，便很難理解創造性意謂什麼，也無法理解何以在小說裡馬塞爾的寫作總是躊躇不前。創作有著離開平庸現在的機會，然而也正是在此有著一切的艱難，其既需要生命與料的啟動，卻又必須絕對離開它。埃爾斯蒂爾曾經對默默無聞的年輕奧黛特畫了素描，畫中的她是一個穿戴著怪異戲服、性別難辨的演員，遠非斯萬在幾年後以波提切利的西坡拉所比擬的形象。然而，埃爾斯蒂爾畫中的奧黛特也毫不是肉眼所見的模樣，甚至不是任何形象的確定與固著，相反地，奧黛特被畫下來似乎僅是為了展現了畫家風格化的重構程序。在這幅畫中，奧黛特飄忽難料、無法定位的性特質激起了怪異的感性張力，埃爾斯蒂爾在畫中促使了忽男忽女甚至不男不女的性別流動變得可見，破壞了既有疆域的刻板劃定，可區辨的界線被抹除，顏料空間陰陽怪氣，男女皆不成體統，因而激起了「感官的刺痛誘惑」：

> 埃爾斯蒂爾不在意這個年輕女演員扮演的變裝者（travesti）會展現什麼不道德，對他

2 可以參閱波特萊爾《現代生活的畫家》第四章「現代性」中對漫遊者的分析。

3 RT II, 207; II, 428.

4 在提及巴爾貝克教堂大門雕刻時，埃爾斯蒂爾說：「你理解，所有這一切正是一個天才的問題。」RT II, 197; II, 417.

來說，她扮演自己角色的天賦遠不重要於她對某些觀眾那已經麻木或墮落的感官所提供的刺痛誘惑。他相反地著力於這些含混的特徵，就像某一值得突出與極盡所能強調的美學元素一樣。[5]

在這幅水彩畫中，性特質的悖德以戲劇性方式從許多細節中堆疊成奧黛特，奧黛特彷彿並不是一個人的和諧形象而是相互矛盾的性特質聚合，但繪畫的重點卻不在此，因為埃爾斯蒂爾透過奧黛特所欲展現的是他自己的美學元素，這幅畫的價值不是為了描繪年輕與輕浮的奧黛特，也不在於見證她的「此曾在」，而是藉此顯露了畫家自己的天賦，那是擅長透過色彩與線條的布置對麻木感官的「刺痛誘惑」。在奧黛特的例子裡，這個誘惑是性特質上的，她融化在每一個跨越性別、雌雄莫辨的氣蘊法（sfumato）裡；[6]然而在風景畫的例子裡，則是城市與海洋、輪船與街道的空間含混性。埃爾斯蒂爾的畫總是展現出對於疆界的橫貫性穿透。奧黛特作為一個人在這幅水彩畫中只是性特質的永恆流變，她不再是具體的任何人，而是或男或女的游牧分配與不可區分，「沿著臉的線條，似乎就要落在承認性別有點男孩子氣的女孩這點上了，那性別卻又消失，再過去重又找到，毋寧是暗示著一個陰柔化的、有惡習的、好幻想的年輕人，然後性別又逃走了，始終無法捕捉」。[7]奧黛特被作品化為雌雄同體的存有，或者應該說，性別不再是固定的生理特徵，而是埃爾斯蒂爾的美學元素，流動在男女的界線上刺痛與誘惑著所有觀看者的感性。性特質不是確定與被分類的任何性別，而僅僅是為了再逃離既有的性別劃界與固著，女性的局部顯露只因為男性的過度充滿，或反之。曖昧、含混、不可確定與不可區分，重新投入尚未成形的變動狀態，不是成為男性或成為女性，而是在男女之間的流變本身成為性特質。

奧黛特如果有什麼天賦的話，或許正在於她在性特質上的流變潛能。她因此後來能吸引斯萬及眾多男人樂暈暈地圍繞著她，成為《追憶似水年華》中最富性魅力的角色。然而，如果沒有被高明的創作者從作品中顯露，那麼這個誘惑也不具有任何可見性。作為畫家，埃爾斯蒂爾的天賦並不在於將眼前事物的性質固定下來，而是相反地，他的作品重新解放了界線，使性質的固定成為不可能，因此能使事物回復變化的潛能，在繪畫作品中現實被重新給予了必要的虛擬性。

作為畫家，埃爾斯蒂爾的天賦展現在可視的橫貫性中，界線與分類對他而言僅僅是為了無窮交疊與相互滲透而被置入畫中，物的各種不同性質間具有高度可流動性，彷彿液態的邊界使得水彩畫成為一種平滑空間的威力展現。玻璃花瓶並不比所充滿的水更固著，而且擁有

5 RT II, 204-205; II, 425.

6 「達文西在眼角與嘴角上施展的極致『氣蘊法』（sfumato），一種微型透視法，以曖昧的淺深度打開更大更多變的觀看視角。當這種沒有具體意涵的『恬適』被轉譯為曖昧的『微笑』時，意謂的並不是對於性別美感的論辯，而是一種開啟思緒的視覺技術。」黃建宏，《蒙太奇的微笑》，台北：典藏，二〇一三，九。

7 RT II, 204-205; II, 425.

著在細微處無法區辨的同等通透與亮度，玻璃作為一種水彩物質與它所盛裝的水同樣地成為液態，而且也僅因為要表達這種液態存有性而被畫入作品中，插著花的清水在視覺的強度上感染了環繞它的玻璃花瓶。「在這幅水彩畫裡沒有一件事物僅只是簡單地事實指認，而是因為在場景中的用途而被畫。〔……〕花瓶的玻璃本身就討喜，似乎將浸著石竹花莖的水封閉在同樣晶瑩的事物中，幾乎與水同樣是液態的。」[8]可流動的玻璃與被禁閉的清水在一種鄰近關係中產生共同的通透性，然而埃爾斯蒂爾的水彩所欲創造的，既不是玻璃也非清水的透明感，而是兩者的液態交融與正逆滲透，清水與玻璃的透明並不只是巨觀的視覺效果，而且在分子層級中被顏料粒子放大，顏色所具有的水性不僅徹底表現了水的威力，讓水不再可能是水之外的任何事物，而且極大化地感染了裝水的玻璃花瓶，使得玻璃與水不再能有明確的區分，不同性質的游牧與交換是畫家透過水彩所欲展現的真正美學元素。埃爾斯蒂爾的水彩畫使得一切都被液化，但這並不是單純地意味著物與物之間的輪廓線被取消，變得含糊不明，而是事物間正以微觀的方式不斷地交互作用，清水的獨特存在因為玻璃而被賦予了更多的可視性，玻璃則反之，因為含納了水性而被擴增了流動潛能。透過水彩顏料，玻璃與水這兩種不同材質構成刺激與誘惑感官的虛擬現實。

作品的創造性總是使得現在的確切感知重新變得可疑，對麻木心靈的刺痛從不來自智性可以辨識與歸類之物，這是普魯斯特從一開始便不曾放棄的主題：「人們尋找的東西在哪裡，人們並不知道。」[9]創造性所能確定的基本信念是一個古典的美諾疑難，因而創作者所能從事的，不是透過智性確立目標與疆界，因為創造性總是跨越了計算與推理，唯一能努力的，是打破既有感知，離開現在時空並使得遺忘的威力超越記憶。埃爾斯蒂爾在繪畫中所表現的，正是既有感知的重新錯位與篡奪，不只在肖像畫中使得每一道線條都為了性別錯亂而被畫出，臉部由雌雄相互侵奪的同一道線條弔詭地描繪，而且在風景畫裡讓異質的空間產生不可能的交纏與並置，擾亂既有空間知覺，使其既斷裂又連續，或反之，弔詭的感知一再刺痛感官，以便能再度激起世界的多樣可能。

對於被平庸事物麻痺的心靈，埃爾斯蒂爾的畫室猶如「世界的嶄新創造實驗室」，成為一個充滿誘惑的場所。[10]但這並不是說他創造了一個人會飛、動物會講話的魔幻世界，而是透過色彩與構圖，風格化地在畫布的唯物表面促成視覺上的「事物變型」。[11]然而，以變型這個詞來表達一件繪畫作品不是已說得太多就是仍說得不夠，至少不夠具體，因為並不是所有變型都能觸及詩學的等級，然而所有「詩學的」卻都必然是創造性與風格化的（不妨想想卡夫卡〔Franz Kafka〕與迪士尼的差異……）。埃爾斯蒂爾的變型在於創造了不連續性的串流，他在畫中持續地生產各種類型的空間斷裂、衝突、矛盾與不相容，最終致使變型的其實

8 RT II, 204; II, 424-425.

9 RT II, 199; II, 419.

10 RT II, 190; II, 410.

11 "une sorte de métamorphose des choses représentées", RT II, 191; II, 411.

並不是任何單一事物，而是事物所存在其中的空間質地，或許應該說事物變型正因為它所在的空間正展示著碎裂與重組的無窮動能，至少是因各種不連續性的持續導入而成為不同強度與應力所鋪展的美學元素展示圖，而被放置其中的事物則受到這個空間的獨特重力所牽引與排斥、沉墜或上升，無論自身有什麼特性，都首先被畫中的特異空間所決定。如果物或人被置入畫布中，那麼僅是為了更進一步地促使海陸交織互噬的空間特性被肉身化為一個個具體物件。物成為海洋與陸地（水與土）的具體戰場，在陸地看見海的侵蝕，在海中看見陸地的擴張，每一件具體事物似乎都立即成為陸地與海洋的不可見分界。

海洋與陸地的界線被抹除卻又不斷交替，創造了空間的怪異串流，這是以斷裂為前提的接力，亦是假設了失調的和諧。埃爾斯蒂爾的海景畫中「對小鎮僅用海洋的語彙，而大海則用城市的語彙」，[12]相互背逆的質地組裝加上重複的海陸交疊，畫布上的顏料轉化為獨一無二的空間質地，海陸一脈相連反而激化了空間的原初不連續性，大海不僅穿插在不同的陸地遠景之間，而且深深侵入了用來描繪陸地的筆觸細節，陸地僅因為被海水的力量所浸透而被展示在畫中，反之亦然。人於是不可能不在這個繪畫空間而不變型為某種兩棲動物（amphibie），被海洋與陸地所雙重標誌，相續無常，而且成為突顯兩者的真正界線，但同時亦是界線的抹除。[13]海洋與陸地彷彿不再是同一空間的兩種不同地質狀態，不再是事物的兩種不同物理性質，而是直到最細微部位的互相滲透與持續悖反，陸地的存在僅僅是為了述說海洋，海洋則因穿行於由遠到近的陸地之間，深刻浸潤著陸地的質地，而散置其中的人們成為海陸雙棲的存有。應該更基進地思考埃爾斯蒂爾的這種抹除分界的美學元素，他的海景畫並不只是海岸速寫，而是不斷翻轉海陸性質的感性動力，使得觀看的人亦不得不被這種空間的弔詭構成所影響，並因此被賦予了兩棲類的感性潛能，從此懂得感受雌雄莫辨、海陸交雜的新世界地景。

這種往復於二種不同性質的感性構成是埃爾斯蒂爾用以轉譯世界的風格化手法，性質間的確切分界被抹除於兩者持續切換所構成的感性動態之中，在海景畫中的人必須同時是海洋的亦是陸地的，既被大海所浸漬也布滿陸地的印記，每一道線條都是海陸的接續角逐與替換，直到兩者最終的不可區分，而事物則是在這個不可區分中的顏色表現與光學效果。這意味著每一事物存有都已經被其鄰近區域所影響與標記，它是A的理由只因為被圍繞它的B所述說，或者A成為A的前提是與非A的界線被抹除，每一事物都成為鄰近區域的影響總合。

這種美學元素是埃爾斯蒂爾在繪畫中反覆練習與激發的事物潛能，不僅是以海洋與陸地的不可區辨創造了海景畫的虛擬性，在奧黛特的肖像畫中，每一道線條也都成為雌雄交替的作用場域，線的延長僅是為了能以逆反的性質抹除已知的現況，線（如康定斯基〔Wassily Kandinsky〕所言，作為運動）的真正動態並不在於它的延伸，而是不斷造成逆反的翻轉，

12 RT II, 192; II, 412.
13 RT II, 193; II, 413.

生住異滅趨捨無定；不是為了成為劃界與確定的軌跡，反而是一再取消性別確認的動態。構成奧黛特肖像的正是這個作用的總合，不斷雌雄反覆的個體化動態構成了每一道畫出奧黛特的線條，也因此這幅肖像從繪畫的基底揭露了她最深刻的存有狀態，而且不因時間的逝去而失去畫家所想展現的「陰性與繪畫的理想」。[14]對於埃爾斯蒂爾，陰性與繪畫或許是同一件事，這是何以在他的海景畫裡不再有固定的中心，疆界的區分也一再被打破，海洋如柔絲般穿透陸地的城鎮，人像是既活在陸地亦優遊於海面，創造出揉雜了海陸景象的陰性繪畫，並因此實現了畫家的理想作品。

普魯斯特沒有特別提及海景畫的顏料，肖像畫則明確使用水彩，奧黛特的作品化因此表達了一種由她所特屬、卻僅由畫家的創造性所構成的「水性」，這是線條與顏料在性別上的變異與無常，色彩透明、可穿透但卻易相互影響，構成了用以描繪奧黛特的強度量。這並不是奧黛特所自我形塑的形象，在漫長的真實人生中，「奧黛特規訓了她的線條，將自己的臉和身材作成了這種創造物：年復一年，她的理髮師，她的裁縫，她自己，在她的姿勢、談話、微笑、手、眼神的安放、思考上，都得遵從這個創造物的大致線條」。這是一種「新式、莊嚴與迷人」的系統化線條，[15]陽剛且飽含著建制化的規訓，然而畫家卻瓦解這個形象，在畫布上另外創造一個，完全由無常與陰柔的線條構成，而或許這種水性的奧黛特卻更真實。

普魯斯特使得他最誘惑的角色同時擁有三種不同的生命變型，其中之一，是由她自己長久形塑的自我形象，也是她想展示在眾多情人面前的莊重與好品味樣貌；此外，在斯萬眼裡她等同於波堤切利的畫中人物，並藉由古典美學的高超品味理想化了兩人的愛情；最後，是年輕時候的奧黛特肖像，儘管作品完成於奧黛特成為萬人迷之前，埃爾斯蒂爾的水彩卻如同穿越了時空，無視於奧黛特一生對自己線條的努力修飾與規訓，亦完全不同於最後被斯萬所昇華的古典美學樣式，而是徹底悖反於這兩者，「只要有埃爾斯蒂爾的視線，就足以將這個類型瓦解。藝術天賦如同能將原子化合物分解的極高溫度般作用，而且根據完全相反的秩序組合這些原子，回應另一種類型。女人所有強加線條的那種做作和諧，每日出門前她從鏡子監督著的堅持，為了保證其持續性對帽子的傾斜度、頭髮的光滑度、目光的活潑度的加持，這種和諧，大畫家一瞥就能在一秒裡將它摧毀，並且以女人線條的重組取而代之，以滿足於自己心中某種陰性與繪畫的理想」。[16]奧黛特透過自己的修飾與打扮，毫不鬆懈地進行自我的主體化作用，這是純粹的肉身現實，她維繫著理想線條與居家布置的持續性（儘管品味俗氣……），斯萬則進一步將她的臉投射到波堤切利的畫中人物，藉由美學的詞彙感受奧黛特的存有，並因而不可自拔地愛上她，埃爾斯蒂爾的肖像畫則在最後萃取出純粹陰性的奧黛

14 “un certain idéal feminin et pictural”, RT II, 216; II, 438.

15 RT II, 216; II, 438.

16 RT II, 216; II, 438.

特，而且在水彩畫中使得陰性特質在奧黛特的生命早期便貫穿著她的存有模式。這或許是傅柯「生命如同一件作品」的三種不同階段，首先是奧黛特自我對自我的問題化場域，在這裡有著對時尚流行的敏銳判斷與追求；[17]然後斯萬將她連結到古典美學的可能世界，觸動了自己的知覺重分配，開始了小說裡最重要的一場愛情；最後，埃爾斯蒂爾攫取出陰性的理想，作品化了奧黛特，在畫布上的奧黛特如同海景，只是畫家實現其理想的創造物。埃爾斯蒂爾的陰性繪畫在分子層級上一再以相反的秩序重組既有的事物形象，作為一件作品，奧黛特的肖像首先是分子化的，她以一種水性的存有在微知覺的層級上雌雄逆亂，液態的性別流淌在畫布上構成了視覺的無常與永動，這是作品所真正想要表達之物。

生命的流變是普魯斯特創作論的核心引擎，而愛情則因為緊密連繫著這個總是重新導向未知的流變，而有著最誘惑人心的魅力。埃爾斯蒂爾的水彩畫無比準確地表達了這種流變的潛能，在他的畫中，奧黛特並不是以具象的女人而是以分子層級的流變被作品化，不僅因為她正代表著斯萬錯綜複雜的愛情，而且也因為年輕的她在入畫時一切都還未定型，生命仍然飽含著各種不可知的潛能，尚未被社會建制、習慣、經驗與衰老所固化，「在年輕少女旁會感到這種翻新（rafraîchissement），由正不斷變化的形式所給出的景觀，玩著不穩定的對立，使人思及在大海前冥想時自然的原初元素的永恆再創造」。[18]這是在細微知覺中的永動，每一運動都是為了悖反與對立而誕生於此，都展現了轉向與變型。所謂的分子層級，並不只是大與小的尺度差異，而是在這樣的微知覺中，沒有分子不進行著轉向與分歧的運動，因此在這樣的空間中，任何動態都立即變得可感，而一切都朝向進一步的碎裂化，直線的前提是無窮的摺曲，或者更確切地說，沒有直線，只有直線的摺曲，直線是因為有摺曲的運動才能誕生。在表達著流變的作品中，空間以其液態被感知，固定是唯一的不可能。

作品意味著由分子層級的動態強度所展現的時空，奧黛特在此成為一種獨特的細微強度量及其積累，測度著直到最小值的對立與悖反，她的每一道線條都成立在這種對立的接力之中，每一個對立都進一步增高了線的強度量。海景圖則是另一種強度量的積累，測度著海洋與陸地的相互攫取與征戰直到兩者的不可區辨。肖像畫與海景圖成為一種強度的地勢圖，這些強度分配使得作品中滿布著刺痛誘惑，不僅重新舒活了已被平庸生活所痲痺的神經，甚至直到作品殺人。

三、作品殺人

作品不是為了再現現實，而是使得現實的虛擬性能被再創造出來，事物由此重獲流變的

17 普魯斯特說是「奧黛特式的美」。RT II, 217; II, 439.
18 RT II, 258-259; II, 488.

潛能，而非被作品再一次地固定於已耗盡一切能量的實際事物狀態之中。創作因此在任何時候都不可能等同於經驗現實，而是「我們從生命的共同因素中，提煉出來超越這一切的某些東西」。[19]作品＝x，以日常生活來說明作品只會使作品淪為分分秒秒的感受與想法，紛雜瑣碎的如實登錄並不能擴增生命的多樣性，反而使一切變得平庸而無意義，在這樣的作品中，現在不斷地流逝與遺忘，每一秒都只是毫不足道的一秒。然而，時間所能展現的強度卻應該成為作品不可或缺的威力，只有透過創作，一秒仍是一秒且超越了一秒，因為在這一秒中已匯集了整個生命的力量，既是一瞬，亦已充盈時間的整體。

埃爾斯蒂爾畢竟只是普魯斯特所虛構的畫家，只能由文字來認識他的繪畫，即使普魯斯特使得視覺效果彷如親見，其實已經是作品評論而非作品，因此不論是他的海景畫或肖像畫都只能視為普魯斯特對自身創作論的演繹。他明確地歌頌事物所應具有的無窮變化，而且促成了既有疆界的跨越與破壞。然而，小說實際上亦提及逾一百五十位真實畫家，[20]其中，弗美爾（Johannes Vermeer）的〈戴爾夫遠眺〉（*Vue de Delft*, 1660-1661）被很仔細地做了描述，這幅目前展示在海牙的繪畫傑作，凝聚的高張強度使得作家貝戈特猝死在觀看的當下，成為《追憶似水年華》中最戲劇性的死亡場景。

〈戴爾夫遠眺〉是歷史名畫，每個人多少都有印象，貝戈特甚至自以為非常熟悉，他因為評論家指出畫中的黃色牆面具有「自足的美」，親自再去看了一次作品。在貝戈特的凝視中，普魯斯特讓〈戴爾夫遠眺〉以極特性化的觀點被描述出來，重點不在於畫的整體內容，而是一個被無數次觀看卻忽略的細節，在整幅畫中僅占據著很小面積的黃色顏料，在評論的點醒後成為貝戈特眼裡「一小塊黃色牆面的珍貴材料」，反過來無窮地加碼了這件傑作，成為通往一個由弗美爾所創造的可能世界的入口。他反覆凝視著這一小塊顏料，暈眩逐漸加劇，自覺一生作品的總合都不及畫中這個碎片，感到無比惋惜，隨即倒地而死。[21]

或許正是以貝戈特的猝死為代價，〈戴爾夫遠眺〉成為普魯斯特的理想作品，這是以（感性）強度所唯一說明的作品威力。就如同梵谷（Vincent van Gogh）曾說，他的〈夜間咖啡館〉（*Le Café de nuit*, 1888）是「一個能自我摧毀、發瘋、犯罪的地方」。[22]這並不意謂咖啡館對他而言是恐怖的場所，而是一旦作品化，那麼便已經與日常經驗斷裂，「他的」咖啡館不再是休憩與談天的日常空間，因為梵谷必須使得咖啡館空間「流變—瘋狂」以便能成為作品，筆觸與顏料的彩度因此被極度地拔高與堆疊，直到唐突了咖啡館的日常感知，構成了作品所不可或缺的殘酷性。貝戈特並不是第一次觀看〈戴爾夫遠眺〉，卻因為在新的評論中發現完全不同的觀點，引誘他再一次仔細觀看作品，於是，他第一次注意到畫中的那堵致命

---

19 RT II, 219; II, 442.

20 從十四世紀義大利的喬托（Giotto di Bondone）一直到廿世紀初俄羅斯的里昂・巴克斯特（Léon Bakst），可參考Eric Karpeles, *Paintings in Proust: A Visual Companion to In Search of Lost Time*, London: Thames & Hudson, 2008.

21 貝戈特的死亡段落請參考RT III, 692-693; V, 186-188.

22 lettre 677, à Arles, 9 September 1888, http://www.vangoghletters.org/vg/letters/let677/print.html.

的黃色土牆。畫仍然是同一幅，弗美爾的〈戴爾夫遠眺〉靜美地已完成三百年，但令人想再重看一次作品的誘惑（而非觀看的徹底棄絕），以及使得作品因為「再看一次」而完全改觀，卻是評論的光彩。

在〈戴爾夫遠眺〉裡的這塊牆面不僅刺激了貝戈特將自己的一生壓注在天平上與其對決，最後甚至猝死當場。弗美爾僅憑一幅風景畫便處決了觀看它的重要文學作者，彷彿使得作品在一瞬間成為殺人機器。事實上，這幅風景畫傑作提供著日常與愉悅的可見性，那是十七世紀荷蘭黃金時代的城鎮與河流，畫家使用大量赭黃顏料描繪北國的恬澹生命光景。然而，畫中景緻貝戈特早已知悉，他並不是死於這樣的生命面向之中，而是死於評論所揭露的另類觀看，〈戴爾夫遠眺〉以極小的部位顯現了創作所不可或缺的殘酷。這幅畫原本就充滿著亮黃色調，弗美爾使用黃色顏料的高明技法最後高濃度地匯聚在不起眼的一小塊土牆上，整幅畫所映射的世界彩度濃縮在畫中的一個碎片，讓早已病重的作家生命被其強度所碾碎。作品因為所蘊含的強大力量而吸入、吞噬觀看者，這並不是唯一的例子。在傅柯對於〈宮娥圖〉（*Las Meninas*）的著名分析中，繪畫成為由光線嚴格組裝所布署的裝置，畫中人物的視線、畫中的鏡像與畫中的畫無一不是為了更精準地將一個被賦予特權的位子投放到畫的正前方，那是由畫中右側窗戶所照亮、浮凸且穿破畫布表面的虛擬「光的陽台」。這個位置弔詭無比地不在畫中，而正是觀畫者站立的位置。任何站在畫前看畫的人，都立即就坐於畫家所精心布置的機關之中，成為既屬於畫又不在畫裡的部分。這幅作品的恐怖之處在於它立即吞入任何觀看它的人（像是《西遊記》裡銀角大王的紫金葫蘆，不管是孫悟空還是者行孫，誰應聲誰就被吸入葫蘆之中），[23]作品建立在由光線政權所完全賦予的主體性上，但這個「主體—觀畫者」卻僅誕生在無比巧妙的結構之中：觀看作品的同時亦成為作品的最重要構成部位，成為觀看卻毫不具可視性的作品元素，看而不被看、被納入卻永遠處於外部。整幅〈宮娥圖〉的光線機關所瞄準的這個結構焦點有著雙重不可見性，既未在畫中，因為作為觀畫者，我們在畫外，又是我們視覺的盲點，因為我們看不到自己；或者既是畫的最重要構成部分，亮中之亮，但卻必須置身於絕對的域外，成為作品的不可見部位。[24]與其說〈宮娥圖〉為觀畫者準備了一個優位的「國王的位子」（這幅畫是為西班牙國王與王后所精心製作，他們的鏡像已預先被畫入畫中深處），不如說它毫無表情地將一切觀畫者捕捉到它的光線裝置中，這是一幅純粹的「人—畫」，畫與人的不可能切分，畫與人、顏料與主體性的交纏（chiasme）。一旦開始看畫，主體便以視覺的形式無可迴避地嵌入這個光線裝置，啟動了畫家所想形構的世界秩序，嚴格而準確，不可見卻充分決定了我們所處世界的律法。

〈宮娥圖〉的光線裝置法度嚴謹地指向畫外的觀看者，並且在視線合焦的瞬間整個布署便合拍，組裝出足以述說古典時期的知識型（épistémè），一幅畫使得觀看它的人都進

---

23 可參考本書第一章的注4。

24 Foucault, Michel. *Les mots et les choses*, Paris: Gallimard, 1966, 20.

入「知識—人」的主體化作用。〈戴爾夫遠眺〉則思考著散射在整幅畫中的陽光，這些光度在場卻不可見，使得作品充滿著各種「世界的黃」（焦黃、芽黃、檸檬黃、病黃、麻黃、米黃、蜂黃、嫩黃、蠟黃、枯黃、卵黃、磷黃、金黃、韭黃、橘黃、鉛黃、蟹黃、鵝黃……），最後，這一整個究極黃化的世界投放在一小塊牆面上，烈性的黃與n次方的黃，純粹的強度粹聚。弗美爾使得作品成為一幅關於太陽光線問題的深邃作品，而觀畫者則成為可感的強度聚合體。

〈戴爾夫遠眺〉的黃色牆面散發著獨特的光彩，熟悉這幅畫的貝戈特卻首次發現它屬於一個「完全差異於此的世界」，彷彿多烏雲的天空將全數的陽光皆盡曝曬投放於此，飽滿豐厚的光度由這一小塊區域破出畫面，敲開差異的可能。

相較於前景河灘上三三兩兩的人（他們佇立在暗淡的泥黃河沙上），或矗立於中景的赭黃鐘樓與高塔，這一小塊黃色牆面沒有太多敘事性，造型亦毫不足奇。只是重點並不在此，雖然這是天才畫家「以無比技巧和細緻所畫出來」，但技巧只是為了畫得逼真，對於一件偉大作品而言，逼真並不算什麼，繪畫並不是為了無窮逼近與複製已經驗的現實，相反地，它揭示的是差異於我們的另一個世界，提供了另類視覺的潛能。「所見即所是」並不是繪畫的目的，畫家筆下所呈現的不是世界的同一性，反而是差異的再次可能；不是眾人皆可見的視覺再現，而是完全不同的觀看方法，是差異的再差異化。如果這幅畫呈顯了戴爾夫在過去某一時刻的可見樣貌，黃色牆面則是畫中得以離開經驗世界的契機，它既屬於這幅畫卻又不在其中。這塊牆面是戴爾夫充滿光輝的一瞬間，「世界的時刻」既無窮流逝卻又在此永恆駐留。黃色牆面與其是展現了它的「無敘事性」，更在於透過顏料直接呈顯的原初強度。在畫裡的一小塊黃色顏料成為時間的純粹展現，既是一瞬又遠超過一瞬，因為在這被捕捉入畫的時刻裡所壓注的籌碼並不是任何可指定的時間，而是作為整體的世界。普魯斯特對埃爾斯蒂爾作品的評論可以同樣用在弗美爾：「正因為這一瞬間以如此巨大力量壓在我們身上，這幅絕對定格的畫給人轉瞬即逝的印象，使人感覺到婦女就要回家，船隻就要消失，陰影就要移動，黑夜就要降臨，使人感覺到歡樂就要結束，生命正在消逝，這些相互鄰近的光線同時展現出來的瞬間一去不再復返。」[25]時間的純粹展現並不是永恆，亦不是對時間的停止與定格，而是每一瞬間的即刻流逝卻又飽含整體時間的高張能量。黃色牆面以無窮變動的微細動態匯聚著光的彩度，透過顏料的堆疊，弗美爾使得造型、顏色與構圖成為對視覺經驗的微分，黃色的牆面以細微的彩度變化與光影動態表達著一個可能世界的決定作用。弗美爾使得畫中的這個片段展現著世界的律法，一小塊牆面成為強度消長的微觀量度，這是對於某一個可能世界所提出的畫家觀點，差異於此時此地。〈戴爾夫遠眺〉意味著世界的特異觀點，這個畫中的片段反過來成為重新審視世界的尺度。整部《追憶似水年華》中的沙龍、戀情與旅行等日常生活最終帶來的不免是世俗生命的平庸與單一，不論事情進行時如何熱鬧，都將因

25 RT II, 714; III, 438-439.

為遺忘而微不足道，隨著時間逝去而永遠死去。然而與此並行的，卻總是另類、相互異質、既在繪畫領域但也在音樂、文學、建築或戲劇等作品中揭示的不同觀點與強度串流。對普魯斯特而言，生活充滿平庸的經驗，讓人失望，與此平行的是藝術作品所給予的強度世界，與日常生活毫不相同，貝戈特死在這個殘酷的交界上。一邊是庸俗的沙龍與世俗生命，另一邊則是創作的高強度生產。整幅風景畫的恬澹生活 vs. 畫中一小塊黃色牆面的殘酷強度。兩個世界的交會最終造成了他的猝死，其中之一是他早已經歷與熟悉的生活世界，但從弗美爾的傑作中，特別是由畫中一小塊黃色牆面所展示的強度上，他再次意識到，世界的價值必須被翻覆式地重估，日常生活無比平凡，總是遺憾於強度的不夠與缺席，[26]而藝術作品「屬於一個奠基在良善、認真、犧牲的差異世界，一個與當今世界全然差異的世界，我們由那裡離開，為了誕生在這塊土地，也許再回到那個世界之前，仍在那些未知律法的統治下再次生活，我們服從那些律法，因為我們還懷抱著它們的教誨，但並不知道是誰所劃定——所有深刻的智性工作使我們接近這些律法，而只對——說不定還不止——愚蠢的人才是不可見的」。[27]在這個覺悟下，弗美爾以一小塊黃色牆面擊殺了三百年後被虛構出來的一位文學作者，這個死亡事件的另一面其實是洋溢生命與強度的差異世界的發現，因為黃色牆面震撼貝戈特之處，正在於它連結了另一個純粹差異於此的世界，而我們所服膺的律法則來自於此，一個以純粹差異為準則的世界。黃色牆面所應允觀畫者的，並不是其形象，而是現實中不可見的虛擬性，這是差異總是仍然再差異化的潛能。它成為一個連結世界潛能的入口，而貝戈特以他自己的死亡為代價，為我們揭露了藝術作品所代表的異質強度串連。

因為弗美爾，戴爾夫得以成為由差異觀點所凝視的城市，但這並不是說它被以完全無關的形象重新造鎮，而是因作品化而使得對世界的觀看得以被「透視地加乘」，黃色牆面如同是世界的倍增，見證了簡單物質所給予的差異宇宙。[28]從畫中這一小塊牆面所揭示的，並不只是不同於我們的另一個世界，而是更基進地揭示了作品所不可或缺的差異化作用；如果以萊布尼茲的語言來說，一整個差異宇宙被摺進於黃色牆面之中，成為一個獨特的表達。如果沒有藝術作品，我們永遠無法知悉這個宇宙是什麼。戴爾夫脫離了經驗的同一與平庸，因為一件偉大作品的誕生而被賦予了多樣化與差異化的觀看方法。然而必須更基進地指出，弗美爾的作品並不只是使我們看到了差異的宇宙，而且是宇宙的差異，或「宇宙，即差異」。藝術作品並不只是保證了差異的觀點，而且更是差異本身。而如果沒有藝術作品，我們不僅無法真正認識差異，也不可能脫離平庸且轉瞬即逝的現在生活。[29]

---

26 在凝視著〈戴爾夫遠眺〉的黃色牆面時，貝戈特說：「我也應該這樣寫，我最後幾本書太枯燥了，應該塗上幾層色彩，好讓我的句子本身變得珍貴，就像這一小塊黃色的牆面。」RT III, 692-693; V, 187.

27 RT III, 692-693; V, 188.

28「如同由不同面向觀看同一座城市就會顯現完全另一個，而且如同是透視的加乘；同樣的，由於簡單物質的無限眾多，就有著同等的差異宇宙，它們其實只是根據每一單子的不同觀點對單一宇宙的透視。」Leibniz, *Monadologie*, §57.

弗美爾的戴爾夫並不是戴爾夫，既不在現在也不在過去所經歷的荷蘭，而是畫家為了差異的宇宙或宇宙的差異所創造的一塊黃色牆面，一個為了重新取得另類觀點的窗口，以純粹的本質形式存在於作品之中；同樣地，埃爾斯蒂爾的奧黛特亦不是小說裡所出現的任何一個奧黛特，而是畫家對她所創造出來的獨一無二觀看方式，奧黛特的作品化只屬於她不可見的一面，差異於她卻又執掌著她之所以為她的律法。透過不同的畫家，普魯斯特使得他書中的奧黛特不只具有一種樣貌，而且在各種不同樣貌間亦相互差異。作品展現的是差異化的潛能，而繪畫透過材質（水彩）、顏料（黃色牆面）與形象（亦雌亦雄）的操作多樣化了現存的世界，「不管流洩出它們的光源已熄滅了多少世紀，不管它叫林布蘭或弗美爾，依然向我們發送它們特有的光芒」。[30]

29「差異的世界不存在於地表，不存在於我們知覺所劃一的所有國家中，尤其不存在於『世界』之中。然而，它存在於某處？凡德伊的七重奏似乎對著我說：是。」RT III, 781; V, 278.

30 RT IV, 473-474; VII, 212-213.

第四章

反廣延的音樂

一、虛構的虛構

普魯斯特使得文學成為無數對立直到無窮的機器，愛情與友誼、藝術與哲學、感性與知性、遺忘與記憶、創作與經驗、至福與平庸……對峙、矛盾與不可共容不斷更迭翻新使整部小說碎裂於異質強度的流湧之中，敘述的破碎與時間的錯接並不是書寫的意外，而是表達創造性錯差所必要的強度操作，因為作品僅僅誕生於這種不可共存的布置之中。被藝術作品所促使可見的世界的差異與生命的多樣性成為時間最終得以被重獲的基礎。作品的時間從來不是經驗時間，這是何以時間必須一再地以不同於日常的形式被創作出來，作品就是重獲的時間虛擬性，以另類的形式與多樣的表現被促使可見。一方面是時間展現在不同生命中的創造性，另一方面是作品的創造性時間，兩者交織成小說的敘述質地，而人物則生活其中，悲欣交集。

藉由界線的抹除，繪畫創造物質的無限流動性，事物滑動在不可區辨的鄰近區域，從表象中解放視覺的潛能，奧黛特年輕時的肖像因此得以逃脫時間，觸及她生命的本質，成為破除物質疆界所誕生的可見性。相對於繪畫的物質流動性，音符間的微細空無被音樂帶往感知的非物質性（sine materia）邊界，[1]「不是任何音符而是「介於二音符之間」」的沉默促成秩序多樣性的可聽。音樂展現的不是音符的駐留與定位，而是由流變本身的可聽性，間距成為必要的感性元素。[2]

作曲家凡德伊的曲目已被普魯斯特轉化在語言平面上，無法聆聽，卻不缺乏其可聽性。普魯斯特虛構的並不是音樂，而是音樂評論，凡德伊的音樂一誕生便已經是自身的評論，正如同埃爾斯蒂爾的繪畫，對於眾多虛構作品的評論構成了普魯斯特真實的作品論，最終，小說裡對於繪畫、音樂、戲劇與文學的評論亦成為《追憶似水年華》的「自我評論」（auto-critique），或者不如說，小說裡這些虛構的作品與評論都毫無例外地指向了最終的虛構：那個即使讀到最後一頁仍隱而未顯的大寫作品，一部必須由眾虛構的虛擬群聚所包圍、無窮遙遠卻也無限逼近的「虛構的虛構」。小說裡那些天才洋溢、觸動不同人物的樂曲、繪畫或文學作品，以作品描述或評論的方式誕生在語言平面上，但這些不同媒材的虛構—作品（既是作品的虛構，亦是虛構的作品），其實是為了能包圍與迫近作者所想觸及卻永恆缺席的大寫作品。

沒有一部小說曾像《追憶似水年華》一樣無比細膩地描述了那麼多不同領域的藝術作品，不管是虛構或是真實存在的，每一件被評論的作品都表達著普魯斯特理想作品的某一切面或反面。繪畫打破了不同物質的疆界，使得雌與雄、海洋與陸地共構了每一道筆觸的正反

1 RT I, 205-206; I, 257.

2 小說裡有兩個主要段落提及音樂，分別是兩首凡德伊的作品：在〈斯萬之愛〉的「鋼琴小提琴奏鳴曲」（RT I, 203-211; I, 254-262 與 RT I, 339-347; I, 393-401.）與在〈女囚〉的「七重奏」（RT III, 752-770, 875-886; V, 250-268, 379-392.）。

力道，不可見的強度因此能轉化為異質的可見性，作品等同於各種特異線的競技場。音樂則完全是非物質的，這不僅因為音樂傳遞的是不可見的聲波，而且更因為音符的間距比音符本身更標誌著音樂所展現的流變。《追憶似水年華》以許多篇幅描寫凡德伊的「鋼琴小提琴奏鳴曲」（sonate pour piano et violon），這是普魯斯特所虛構的樂曲，小說裡最傳奇的一場愛情〈斯萬之愛〉與奏鳴曲中僅僅五個音符的一小段行板緊密相關，不僅觸發與牽動著斯萬的苦戀，而且最終亦讓斯萬頓悟自己愛情的虛妄與終結。不可捉摸的愛情因為一小段樂句被賦予了無可取代的獨特情感，有了深刻且可以不斷召喚的回憶。或者其實是反過來，〈斯萬之愛〉只是這一小段虛構樂句的獨特注腳，為了表達音樂所促使可聽的流變而賦予愛情最獨特的情感。這一小段樂句成為愛情的抵押，就如同弗美爾的一小塊黃色牆面翻覆了另一位創作者一生的作品。

二、暗黑與純白

愛情或許抽象無比，但一小段樂句展現的音樂純粹性只會更抽象，卻弔詭地反映了世俗愛情的情感，但較不是源於它的旋律（奏鳴曲並不是媚俗的流行歌曲），而是源自樂句所能映射的無窮可能性，對這些可能性的真正開放構成了每個音符的未知狀態。或者應該說，這一段樂句的創造性不來自於任何已知聲音的模仿或美化，反而是由音符之間不可能的鄰近性所構成，音樂的純粹性不僅來自因無窮排列組合所觸及的未知，而且更是音符從所有可能序列中逃離後的不可能性。「開放於音樂家面前的場域並不是七個音符的平凡鍵盤，而是難以計量的鍵盤，還幾乎整個未知，在千千萬萬個溫柔、激情、勇敢和安詳的琴鍵中的這裡與那裡幾個，相互間被未經勘查的濃重晦暗隔開，它們組成了鍵盤，每個琴鍵也都如同一個宇宙與其他宇宙般差異於其他琴鍵。這些琴鍵被幾位偉大藝術家發現，對我們提供服務，在我們身上喚醒了他們所找到主題的對應物，向我們展示我們靈魂中未被穿透使人氣餒的大片黑夜，有著何等的豐饒與多變隱藏在我們所不知情之處，而我們卻以為是空洞與虛無。」[3]鍵盤上的每個單音都明確可懂，只是創造性不來自單一音符本身，聲響或旋律的慣性不足以決定音符的系列，因為中介在音符之間的並不是任何可能的排列，而是偶然與未知的游牧分配，音符與音符之間布滿著「未經勘查的濃重晦暗」。樂句所促使聽見的不是一個個音符，而是音符間的布置不可能性，換言之，是間距的暗黑性被聽。促使未知可聽是凡德伊奏鳴曲所表達的音樂印象，真正被聽到的不是任何可聽，不是符應可能旋律的音符，而是重新引入未知與晦暗的間距，被聽見的是非物質的空無，但卻不是零，而是由未知所開敞的多樣性宇宙，音符與音符之間的晦暗開敞。即使每個琴鍵的聲響音調各異，音樂的差異並不在於音

3 RT I, 342-345; I, 397-398.

符，而是促使音符能不同於其他音符，使每一音符都相互差異與無人稱的間距。對聽者既不可知又不可穿透，純粹音樂所揭示的是一整個「不為了我們所製造的世界」。

被促使可聽的是「介於二」的間距，一方面，在擴增可能性的無窮要求下，音樂被間距的空白形式重新定義，不再機械對應於任何外部事物，成為單純的內在性平面；但另一方面，對於未知的召喚使得每一間距的存在都是為了晦暗的重新引入，不為任何知性所框限，指向的是音樂的無人稱性，介於兩個音符間總是不斷被摺入的不可知外部，被聽到的不是一個個像豆芽菜般的具體音符，而是音符之間不可見／聽的黑暗「摺曲」（pli）；音樂成為一種反廣延的空間運動，[4]因為音符的系列運動所引進的是未知外部的向內摺曲，每一段樂句都成為差異的摺曲所構成的堆疊，成為聲響與沉默、內與外的非物質性迷宮。凡德伊的奏鳴曲揭示了音樂的暗黑空間與白色形式，既是晦暗的間隙，使得下一個音符總是再度從當前的預期中脫逃，展示某種「去現在」與非人的威力，卻又因此是一個保留各種迷人可能性的空白。音樂成為間距的藝術，首先是關於沉默與空白，是一個「未決」（indéterminé），以及由此所促使可能的純聲音流變。這個可以填入任何事物卻也任何已知事物都不再被允許的「音符之間」，使得音樂具有一種「高於具體事物的現實」，[5]「引進了一個嶄新的美的影像，給予他自己的可感性較強的價值」。[6]因為被促使可聽的間距，音樂差異於一切既有事物，激起對未知的好奇，最終成為斯萬的愛情誕生之地，而且同時也反過來定義了斯萬的另一種人生，音符間的差異空隙開啟了他的再主體化過程，產生在純粹聽覺場域的全新主體性，僅持存於音與音的間隙之中。「小樂句在他身上喚醒了這種對未知魅力的渴求，卻沒有給他帶來任何明確的東西使他得以滿足。因此，小樂句在斯萬靈魂裡所抹除對物質利益的關懷，對人類與一切有價值的考量，都留下空缺與空白，他便自由地在那裡鐫刻上奧黛特的名字。此外，奧黛特的感情中有所欠缺、有所令人失望的地方，那個樂句也會來加以彌補，注入它那神祕的精髓。當他諦聽這個樂句時，從他的臉上彷彿可以看出他正在吸著一種麻醉劑，使他的呼吸更加深沉。音樂所給他的樂趣即將在他身上產生一種真正的需要，在這樣的時刻就像是實驗香料的樂趣，像是要進入接觸一個不為了我們所製造的世界的樂趣，這世界似乎對我們不具形式，因為我們的眼睛知覺不到它；不具意義，因為它由我們的知性中逃離，我們只能通過單一的感官才能觸及。」[7] 小樂句並不是因為再現了愛情的悲喜而擊中斯萬的情感，相反地，是因為逃離了知性與邏輯，讓情感早已麻木的斯萬重新燃起生命的好奇。在音樂所開啟的未知場域中，時間的間隙與間斷變得可感，它同時也是對未知愛情的情

---

4 巴迪烏對摺曲與複多的關係寫得很直白：「大寫摺曲，首先是大寫複多（Multiple）的反廣延概念（concept antiextensionnel），大寫複多作為直接質性迷宮的複雜性之再現，不可化約為某種（不管是什麼）元素複合。」Badiou, Alain, *Annuaire philosophique 1988-1989*, 162.

5 RT I, 233-234; I, 285.

6 RT I, 207; I, 258.

7 RT I, 233-234; I, 286.

感，或者不如說，因為小樂句展現的差異化潛能，啟發斯萬投入愛情的無限可能之中。這一小段樂句因此絕不是任何意義下的情歌，對愛情的世俗感受並未在樂曲中再現，相反地，是使得愛情重新獲得與未知的親緣性。[8]小樂句以揭露可聽的未知而使得斯萬被注入了新的生命衝動，重新點燃了他對差異世界的激情，而這種情感毫不是知性上的樂趣，小樂句並未讓懂得音樂的斯萬多知道了什麼，反而是引進了無知，而愛情似乎就存在於這個因無知所產生的追尋盡頭：不為我們所理解，不為我們所創造，最終也不為我們所擁有。小樂句豐富了一段未知的愛情，並使得愛情與未知融合為一，啟動了斯萬經由音樂展開的全新主體性。

在間距的未知與無形式中，音樂持存，這意謂不該以外部的事件來取代或取消音樂的神祕性，以語言或符號來標定其不可測的動態，或者以抽象的另一事物（比如語言）來替代，相反地，關鍵在於如何使音樂（以及愛情）總是持存在它自身的複雜性之中，聆聽其非物質性的沉默與晦暗。這是在一切音符之外，卻內在於音樂的堅實性（consistance），其僅僅伴隨在音樂的「現在」卻又一再從中逃離，下一音符總是將臨卻又流變為不可感知。由間距所促使可聽的沉默切斷了存有的持續性，域外被引入時間，成為可決者。決定音樂的，是時間的空洞形式，介於二音符間的空缺與未知，而主體性則被差異地再生產於此空白之處。這個小樂句所引發的（創造性）效果與所連結的（愛情）事件，既決定了《追憶似水年華》所想賦予的作品意義，亦是普魯斯特對於愛情所問題化的場域。整本小說中藝術、愛情與生命交織的力量節點，既是介於二音符之間的細微時間差，也是音樂對時間的無窮微分，在下一音符進場前的空缺中，也在可聽／不可聽、摺曲／去摺曲的往復運動裡，作品持存。

音符與中介於音符間的細微間距，組成了由難以計量的琴鍵關係所組裝的音樂配置，作曲家所創造的是音符之間的微分關係，這是直到無窮小的變量與差異，而且正是這些幾不可見的細微間距，存在著普魯斯特所說的「未經勘查的濃重晦暗」，威力由這個暗黑不可見的空隙湧現。這個由細微間距所構成的音符關係，展現了「另一種世界與另一種秩序的真正觀念，被晦暗所遮蔽、未知、知性不可穿透」。[9]斯萬因愛情觸動的主體化作用必須繞經這個不可知的暗黑空間，以便重近取得生命的多樣性可能。

小樂句的功能就如同傅柯在分析陳述（énoncé）時曾指出的特殊性。音樂的真正魅力在於由間距的沉默與空缺所反過來決定的可聽性，它存在於聽與非聽的門檻上。非聽，卻使得一切的聽成為可能；不是去聽那非聽，而是使聽「可聽」的非聽，一整個關於聽的發生學。普魯斯特以小樂句（由五個音符與四個間距構成）作為音樂的最小閾值，打破了一切已知旋律的連續性可能，每一間距都是旋律的破壞與樂音不可預知的再連結，被聽的不是連續的樂音，而是一再產生斷裂的沉默空隙；小樂句將我們由流俗的樂音中區隔出來，標誌著聽與非

8「它（小樂句）立刻喚起他一些特殊的快感，這種觀念是他在聆聽樂句之前從不曾有的，他感到除了這個樂句任何別的東西都不可能讓他認識，因此對於它感受到如同是一種未知的愛情。」RT I, 205-206; I, 258.

9 RT I, 342-345; I, 397.

聽、可聽與不再可聽的界線，以斷裂而非連續標誌了音樂的未來可能。小樂句的五個音符被置入聲響的微分中，一切可聽只因為來自細微的不可聽與沉默。音樂較不是接連的音符，而較像是以音樂間距將連續性撕裂在純粹差異中的高明布置。與其說是聲音，更是被促使可聽的沉默系列構成了樂句，然而對斯萬而言，如果沒有小樂句，則一切只是永恆的沉默與不再有意義的噪音。[10]

三、音樂的問題化場域

五個音符的小樂句成為音樂存在的閾值，而斯萬主體性的問題化場域由他對奧黛特的愛情與對小樂句的領悟所共同標誌。然而，如同愛情面向的是他者的可能世界，音樂則朝向不為我們製造的世界開敞，差異與多樣性是兩者所追尋的未知之物，聽「非聽」與不可聽，並且使得不可聽成為一切聽的可能條件，從此聽到差異與另類的聽，如同非愛與不可愛總是一再成為愛的前提與可能的條件。作品持存於聽「不可聽」的存有學條件中，最終不免以失望告終，因為這樣世界並不是為了取悅任何人而生，所聽的不是聽與「能聽」而是其不可能，聽的無能重新使得音樂成為可能，它是非人與無人稱的純粹創造性，是在聲響與聲響之間的凹陷與斷裂，也是在絕對沉默中摺入更多的沉默，而非填平隙縫與抹除未知；不是去發出聲響，反而是去敏感於一切聲響間不可感與促使轉向的靜默。這樣的命運，正是斯萬之愛的命運，屬於他個人的愛情主題曲，使他得以重生，但同時也在一開始便已經預示了悲慘的結局。由未知與無窮差異化所引發的激情，並不會隨人的意志而轉移，而只持存在非自主與不可預定的永恆動態之中。小樂句如同是尼采的永恆回歸之歌，動態的在場是為了逃離一切的預期與定型，重新回返無廣延（inétendues）與不可化約為其他印象的純粹音樂運動。[11]

凡德伊奏鳴曲的關鍵並不在於隨時間展開的更多細節與旋律，普魯斯特並不關心樂曲的結構發展（由海頓經莫札特到貝多芬的奏鳴曲古典形式）與演奏技巧，音樂弔詭地不再是時間連續性的藝術，而僅僅以其中一個片段，從整首奏鳴曲中攫取的一小段樂句，成為小說中一再去而復返的意義節點。作品經由此碎片不斷被增強，但不是透過作品的整體解讀與鋪陳，而是明確聚焦在一個特異性上，攫取強度度量的最大值而非整體的平均數來為作品定性。作品因此較不是由整體來理解，即使作品的部分離不開其整體，卻因為某一組成單元的威力使得整體的價值必須重置。這是尋覓特異性而非普同性的操作，存有的差異遠比同一性更被重視。五個音符（其中二個重複）的獨特張力就足以標記一件音樂作品的不可思議強

10「這種印象卻還會繼續將主題捲入它的液態性、它的『融化』，這些主題不時冒出、勉強可區別，隨即潛入且消失，只能由它們給我們的特殊愉悅，無法描述、無法記憶、無法命名、不可名狀。」RT I, 205-206; I, 257.

11 RT I, 205-206; I, 257.

度，決定了整首奏鳴曲在創作平面上所產生的不凡意義。彷彿這一段樂句就是創造性的最小測度單元，一首樂曲可以被判定為作品的簡單基本值。由五個音符及其產生的四個間距所說明的游牧分配，不可能更少，亦無須更多。小樂句停待在特屬於它的特異時空裡，沒有任何樂句可以取代或抹除，而且任何人彈奏都無妨，即使（特別）是手指笨拙的奧黛特。[12]小樂句的特異性彷彿是一整個多樣性宇宙的明晰定錨點，事物由這個座標零度被重新給予不同的生機，它跳脫想像的既定框架，在音符的間距中引入未知與陌異，而任何外部因素都不足以動搖這個「5＋4」的音—躍布置。

小樂句並不需要整體來給予意義，整體反而必須不斷回返這個強悍的片段才得以被理解。但這亦不意謂整首奏鳴曲只是來自小樂句均質與持續的開展，而是因為小樂句如同是想像整體的破口，陌異的外部被摺入其音符間距之中，使得每一個音符的降臨都是為了再度逃離已決的形式，都再次見證連續性的不可能，音符的串連是為了解放未知的威力而非蟄居於建制之中。小樂句將陌異的外部摺入其間距裡，使每一間距的存在都重新打破音符關係的平庸想像。未知不在遠方，反而以「反廣延」或「無廣延」的摺曲成為樂句的內部構成，成為音樂的創造性條件，而斯萬之愛的開始與結束、幸福與不幸、歡愉與痛苦……被整個摺入樂句之中。如果早已被遺忘的童年其實鮮活地保存在一杯茶水的滋味之中，卻只有在偶然的機緣下才從平庸的生活裡再度湧現，斯萬對奧黛特的激情則持存於樂句的這個反廣延的間距裡，開始與結束都不曾離開。但間距本身則是永恆的離開，卻使得小樂句因此展現了生命的多樣性可能。這意味著，想呈現宇宙的多樣性或許並不需要一部無限大的作品，因為多樣性無關乎尺寸大小或數量多寡，關鍵在於差異元素所具有的創造性生機，其所帶來的斷裂、偏航、轉向與另類阻止了單一整體被給予。

奧黛特的愛情與凡德伊的奏鳴曲成為小說裡平行發展的兩種差異的強度，共構了斯萬得以主體化的可能世界。而隨著時間持續推進，斯萬卻意識到愛情已逐漸衰竭，音樂則反之，不僅持存在純粹的感性時空之中，而且深邃地傳遞著生命既有的哀傷，由樂曲所產生的情感變得更加繁複與多元，音符間的隱晦間距遠比一開始所能想像的更複雜而多變，而且持續地變化中。在愛情敗毀不復存在之際，最初伴隨且深化了愛情的音樂卻能同時含納了開始與結束、歡愉與哀傷，而且在愛情終結之後封存了所曾激盪的各種情感，彷彿並不存在對立與不共容的兩種情感，而是同一種生命在時間中因強度消長所引發的流變。愛情讓斯萬發現了一首樂曲的美妙與多變，而樂曲也反過來助長了甜美愛情的誕生。兩者的效果相互加乘，沒有音樂就不可能產生愛情，而沒有愛情音樂也不具有其非凡的意義，從而啟發斯萬對生命的深刻體悟。最終，只有音樂留存下來，而愛情則隨著時間一去不復返。音樂是無人稱的，它並不認識斯萬的愛情，反而是斯萬透過愛情聽到了樂曲所揭露的複雜時空，聽到了原先的非聽

12「雖然奧黛特彈得很差，但一部作品留給我們最美好的版本時常是湧現於笨拙指頭在走調的鋼琴上所擊出的不準聲音。」RT I, 233-234; I, 285.

與不可聽，並墜入愛河。他以為樂曲的歡愉與純粹足以成為他的「愛情國歌」，因此反覆聆聽屬於他愛情的那個小樂句，但音樂所能註記的遠比歡愉更多，在愛情逝去的悲苦中，它亦向斯萬展現了一種更深沉的共鳴。一開始是愛情的歡愉，音樂如同是這段戀情的伴奏，標誌了愛情的甜美其實卻不認識斯萬擁有的私密情感，到了愛情的盡頭，它則展現了人的共通命運，「只是人」（Homo tantum），以樂曲的共通情感表達了生命的質地。[13]

四、作為創作觀念的音樂

斯萬的愛情以哀音怨亂告終，他整個生命似乎就是由小樂句這五個音符的流變所幽幽闡述，是在會消散變化的實際情愛與持存不變的觀念之間所移形換位的動態，亦是生命與藝術作品的偶然相遇中所被賦予的獨特個體性。然而音樂最終提升到觀念的層級，不再只是個人經驗的詮釋，亦不停留在日常生活的慣習之中。如果奏鳴曲蘊含了斯萬愛情的各種潛能，能將斯萬的生命拉拔到其情感的悲歡兩極，馬塞爾則在自己愛情的盡頭被凡德伊最後的七重奏所觸動，彷如面臨一場內心的抽象風暴般，在他的生命中開啟了面向另一個宇宙的視野。「雖然翅膀、特殊的呼吸器能使我們穿越茫茫宇宙，卻對我們毫無用處，因為如果我們仍保留相同的感官去到火星或者金星，那麼它們將蒙上無異於我們在地球所能看見之物的相同樣貌。唯一的真正旅行，唯一的青春之浴，不是前往新的風景，而是擁有另類的眼睛，用他者、成千上百個他者的眼睛來觀看宇宙，觀看成千上百個他者所看、成千上百個他者所視的成千上百個宇宙。」[14]而音樂與繪畫的重要性正在於能夠使得我們不再停留於相同的感官，凡德伊與埃爾斯蒂爾的作品並不是以自然主義式的物件被置入《追憶似水年華》之中，而是作為另類耳朵與另類眼睛的在場，但這不是單純地意味著另一個人所聽或所看，他們的作品亦絕不只是為了再現某個我們所未親臨的風景或聲響而被創作出來，而是基進地啟發另類觀看與另類聆聽的潛能，為了總是能使我們意識到多樣性的宇宙與差異的個體而成為作品。小說中這些被仔細描述與分析的創作，正是為了更迫近大寫作品所從事的努力。

這些作品都使得小說中的角色有了更深沉的存有學意義，而且因為作品的註記，他們的生命總是已經奠基在某種多樣性的前提才被述說、觀看或聆聽。斯萬的愛情並不只是芸芸眾生的悲喜一角，更是揭露差異的個體性，展示主體如何透過某一個問題場域（音樂）而將自我建構成主體的獨特過程，而這個過程則如同是某一段傑出樂句的音符間距般橫貫著未知的晦暗與時間的空洞形式，最終，這段小樂句成為某種特異生命的詩意摘要，斯萬的主體性不再能與其區分開來。然而，奏鳴曲只是凡德伊的早期作品，他死後遺留的七重奏則將音樂的

13 關於「只是人」，可參考《分裂分析德勒茲》中的〈三、在世界時刻中的任意空間〉。

14 RT III, 762; V, 259.

觀念推向頂峰，正是在七重奏的演出中，馬塞爾洞徹了他的愛情與生命意義。[15]

奏鳴曲中的一小段樂句展示了音符之間的獨特潛能，這是將陌異的外部摺入音符間距中所創造的未知，差異化的系列被置入音符到音符的運動中，以間距的「非聽」構成音符「可聽」的虛擬性。這種音樂存有模式在多年後成為七重奏的前導。當馬塞爾聽到七重奏時，曾為斯萬帶來強烈啟發的小樂句相較之下，威力已遠遠不及。如果小樂句展現了音樂創造性的最小單元，七重奏則以疊歌（ritournelle）的方式使得這段小樂句不斷重現與變異於作品之中。創作者的風格元素，他的創作重音，在此以不可見卻頑強的方式一再出現，但這並不是說有某種形式化的固定節奏或套式被重複使用。如果奏鳴曲使我們認識了作為流變基本單位的小樂句，打開了變化與差異的入口，那麼七重奏則更進一步，以小樂句為基調，將流變的元素捲入一個更高維度的流變平面之中，流變僅以流變的方式跟其他流變構成多樣化的宇宙。透過非物質化的樂曲，世界獲得了嶄新的觀點或聽點，使得如同是陌生與差異的宇宙以更多的維度被重新認識與呈現。而這個由藝術作品所展現的創造性觀點或聽點，其實是創作者窮一生之力所反覆自我質問，一次又一次以音符關係作為問題性所從事的練習。這種為了能再次跨越既有感性界線，打破美學體制的超越練習，正是藝術家窮其一生所不斷操練亦永恆自我質問的技藝。對畫家埃爾斯蒂爾而言，是他以顏料抹除不同物質邊界的事物輪廓之線，以便能重獲事物仍處於混沌時刻的潛在威力，而音樂家凡德伊則是小樂句的無窮變奏，以便能在各種媚俗的單音組配中組裝陌異的聲響機器，讓樂句成為音符的安那其動員。「凡德伊多次地重複同一句樂句，多樣化這樂句，樂於改變其節奏，以它的原初形式讓它重現，這些刻意的相似性，必然是淺薄的知性作品，永遠無法如同那些隱蔽的、不自主的、在兩部不同傑作之間煥發差異色彩的相似性讓人震撼。因為致力於創新的凡德伊自我質問，用他創造性努力的全部威力來讓他自身的本質達到這些深度，無論向他提出什麼問題，都是用相同的重音，他自身的重音來作回答。一種重音，這是凡德伊的重音，它以差異與別的音樂家的重音分開來。」[16]如果小樂句本身已經是音樂流變的單位，七重奏則以這個單位度量了一個全新的可能世界，其因此奠基在一個以流變為基底的多樣性中。七重奏成為以流變的流變作為語言的作品，然而，凡德伊作品所創造的真正差異，並不歸屬於任何具體的樂句，不是斯萬所感動並重構了他主體性的那個小樂句，亦不是他意識到這個樂句的強度而不斷刻意增生的變奏，而是內建在他的創造性行動中「隱蔽的、不自主的相似性」。這是透過不斷跨越既有感性的邊界，不斷破壞既有知性的認識與判斷的重複性練習，正是在此，凡德伊創造了他的音樂個體性，特屬於他的重音，就像是埃爾斯蒂爾，也有著他的超越練習所署名的線條，不再可能與其他創作者混淆。

15「厭倦了奏鳴曲，它對我已是一個耗竭的宇宙。」RT III, 754; V, 251；「凡德伊的奏鳴曲以及我日後認識的其他作品，較之我眼下發現的完美成功的傑作，都僅僅是一些靦腆的嘗試而已。雖然美味但畢竟還非常稚弱。」RT III, 756; V, 253.

16 RT III, 760; V, 257.

凡德伊藉由超越練習而使得外部性被摺入音符與音符之間，這是作曲家所鋪展的問題性場域，他「致力於創新的自我質問」，並且在長達一生的練習中，建構了世界的差異化聽點。這個問題性場域持存於音符的間距中，音樂所給予的並不是已經成為慣習的音符關係，而是在聽覺中摺入陌異的外部，讓一切可能的關係都重新成為作曲家的自我質問，而且最終能激起感覺的，或許並不是任何音符，而是能讓音符系列的差異化成為可聽的間距。這個音樂問題成為凡德伊譜出任何作品的重音，但並不是他加重或強化了任何音符或樂句，而是他的作品使得音樂成為對間距「可聽性」的固執質問，使得音符的創造性間距而非音符成為音樂的問題。凡德伊問題化了無聲的間距，並使得音符因此創造性地具有可聽性。在他所促使存在的這個世界中，無聲的間距成為使音樂可能的重音，而不斷被發出的樂音，則是音樂差異化的芽點，一個聽點差異的世界由此具體化為一段樂曲。

以重音標注著世界的差異聽點，並不只是在旋律或節奏上不同於其他音樂，而是每次都能藉由對「可聽」的革命而導入創新，因為「可聽」的再度差異而使得世界的聲響被重新認識；換言之，重音不是來自另一種旋律或既有節奏的加重，而是對一切可能旋律的質疑與懸置使得音樂的可能性被重估，輕與重因為被另類的尺度所置換，可聽性不再相同；然而這並不意謂創作者掌握了某一種新的旋律法則，而是在不斷的自我問題化中，使得一切駐留與不變的音樂法則都不再可能；不是提出新的樂曲法則取代舊有的法則，而是徹底質疑一切法則的固著。法則不再理所當然，而且音符的間距總是再度將外部性摺入其中，作品因此對創作者亦是純粹的他者，「每一個藝術家似乎都如同是一個未知、被遺忘的祖國的公民」。[17]透過藝術作品獲得新的目光或新的聽力，純然未知與陌異，而正是在此有著各自差異的個體性。世界是被藝術作品所重新問題化的多樣性。

五、斯萬的教訓

奏鳴曲中的小樂句因為讓聽者重新感受到對未知的好奇，激發了斯萬愛情的欲望，最終卻以徹底的失望收場，這對於馬塞爾帶來何種啟發？由這樣的愛情故事可以得出何種斯萬的教訓？從小樂句中感受未知生命的可能性，因為差異以樂句的形式被直接呈顯在聲音之中，強化了他投向愛情的行動。然而在實際的生命中，被感受到的可能性仍然只是一種虛擬的潛能，雖然帶給聽者無限的啟發，但並未能保證實現化的結果。非物質的音樂是屬於觀念的，生活卻僅只是觀念的實現化，最後，「斯萬曾面對著所有的可能性，現實卻是與諸可能性毫無關係的事」。[18]

17 RT III, 761; V, 258.
18 RT I, 357; I, 411.

即使是由一段充滿啟發的小樂句所開始，愛情並不具有觀念的永恆性質，愛情一開始以其陌異與未知暗示著無窮的可能性，然而當一切潛能都在生活中實現化之後，愛情必然衰竭。音樂的美卻能持存，愛情最終只是帶往美的一個必然衰敗的路徑與經過。對普魯斯特而言，愛情連結到一個陌生與未知的可能世界，卻摺疊於戀愛者的靈魂之中，開啟了他自身生命的外部性，並因此獲得了朝向可能世界的入口，如同是一個可以啟動主體化作用的問題性。音樂與愛情因此都產生著反廣延的運動，音符的間距與戀人的謊言成為將無窮域外摺入的晦暗場所，然而陌異與未知既是生命的無窮潛能，最終亦將展現其無人稱與非自主的殘酷威力，脫離任何人的期待。

音樂比任何生活都更真實，而且也比任何生活都更展現觀念的性質，因為藝術作品所展現的正是人類心靈中的「精神現實」。生活轉瞬即逝，是不斷失去與死亡的時間，這並不是真正的現實。藝術作品以精神性捕捉現實中最具生機的本質，這是何以普魯斯特的創作論不斷回返到「藝術即現實」的前提，[19]而音樂則因未知與非物質性具備了最強的創造性，「任何東西都比不上凡德伊這樣一個樂句，能相像於我生活中時而感到的那種特殊愉悅」。[20]相較之下，愛情只能實現這種愉悅的某一面向，而且注定了最終的消亡與失望。

19 RT III, 876-877; V, 381.
20 RT III, 876-877; V, 381.

第五章

戲劇的虛擬叛變

一、兩個世界

如果繪畫試圖創造一種全新的光線政權以便穿透不同事物的物質界線，而音樂的可聽來自音符間的沉默間距，外部性因為被摺入其中而創造出陌異的感知，那麼戲劇則使得瞬間一再成為「感知真理的必要形式」，而角色的整個生命則壓注在每一個無有厚度的動態時間系列之中，凝縮成為純粹觀念的晶體。

戲劇是以獨特手法顯現時間威力的藝術，因此在《追憶似水年華》一開始，劇場便緊貼著時間的思考，不同的是，戲劇明確地有其肉身的條件，觀眾必須前往劇院，而演員沉浸在自身與周遭的無窮實時影響之中，觀眾亦隨時受到表演現場的微細觸動，兩者共同構建了劇場的靈光。劇場所上演的永遠是全景下的無限景觀，無有特寫定格，不可能重播，舞台上的時間亦不可能減速，一切在生命的綿延中不可逆地全面開展。戲一旦開演，可見與不可見的元素便已在分子化層級積累與結晶，演員的肢體、走位、台詞、光影、聲響……無一不是戲劇的構成部位，「在這位演員和那位演員朗誦和細膩調節台詞的方法之中，即使最細微的差異似乎都對我有無法估量的重要性」。[1] 然而，正是在劇場所創造出來的「差異的重複」中，在相同的劇本卻有無窮演技的不同可能裡，我們得以明晰地「預感到大寫藝術」。[2]

夢想成為作家的馬塞爾對於藝術的最初想像便是戲劇，他從已經熟讀的劇本台詞中反覆地揣測偉大的演員如何感情洋溢地朗誦，並因此熱切地想去觀看最頂尖的女演員拉貝瑪演出，而且劇碼必須是她最著名的角色，拉辛（Jean Racine）悲劇《費德爾》（*Phèdre*）的女主角。看戲於是成為《追憶似水年華》中首先登場的藝術事件。然而，在能夠實際前往劇場之前，馬塞爾在名聲不佳的外叔祖父家裡遇見了一個女演員，妖嬈、漂亮、服飾講究且充滿個人魅力。馬塞爾完全傾倒於傳聞中的交際花，那是一種獨特無比的主體展演，而外叔祖父的房間則是為了未來的劇場觀看所準備的舞台，現實與夢境不再可區分的獨特辯證空間。

藉由馬塞爾神經質的觀看，這個女演員（或交際花〔cocottes〕，馬塞爾分不清楚）成為想像戲劇並思考藝術的起點，後來發現，這個風華絕代的女人其實就是奧黛特。她成為小說裡想像另一個可能世界的窗口，是斯萬投射其愛情的獨特對象，也是馬塞爾對一個更廣大的未知世界所能找到的連接點。但無論是對前者或後者，現實世界裡的奧黛特都未能使這個滿溢激情的想像持續不輟，斯萬最後悲傷地發現自己其實完全不愛她，而馬塞爾也很快地對戲劇大失所望，從此不再懷抱興趣。

然而，在外叔祖父的房間裡，仍然展示了日常與戲劇、想像與真實的總是不能合拍。不論是時間、空間，或繪畫、音樂、戲劇，抑或愛情，小說裡一再出現兩個不同世界間平行、環繞、競逐與歧異的頡頏，這是普魯斯特的辯證式觀念構成，究極而言，這是經驗與觀念間

1 RT I, 73; I, 120.

2 RT I, 73; I, 120.

的斷裂，但亦是實際生命與虛擬潛能的交互作用，作品的創造性則來自於此觀念的揭露。在關於戲劇的段落裡，這種二元性仍然以作品論的形式展現出來。而且再次地，在兩個世界的斷裂與錯差中，奧黛特成為「介於二」的特異人物。

對陌異與未知世界的無限想像，激起小說主角們的激情，為了終於能離開平庸日常生活的可能而墜入戀情、出發旅行、閱讀文學、欣賞戲劇、聆聽音樂或觀看繪畫，但是在真正的戀愛與旅行發生之前，已經淹沒於強烈無比的渴望與想像，想像中的女人、風景、建築或戲劇舞台散發著無窮無盡的誘惑，即使從來不曾看戲亦未曾進入劇院，僅憑新上映戲碼的海報，其所散發的印刷氣味、未乾的墨跡、陌生的劇名、演員陣容等外部的唯物性，就足以讓主角跌入無窮的心靈歡愉之中。而再次地，戲劇的魅力來自於不可觸及、非思與未知的陌異性，或者最終其實是反過來，正因為帶來了未知與陌異，誕生了讓人渴望的戲劇性。然而，所有能想像的都不再陌異，所有能觸及的都不再未知，劇場正因此成為誘惑的場所。

對於誘惑的想像，以及對於無限想像的誘惑，使得馬塞爾挖空心思偷偷跑到外叔祖父家，想藉機認識他傳聞中的演員「女朋友」們，果然撞見了妖嬈誘人的交際花奧黛特。然而正是在此，現實再度裂解成兩個無法彌合的世界，而且毫無意外地，兩相對照之下讓人大失所望。由戲劇引發的悲愴與崇高連結到女演員花團錦簇讓人痴迷的舞台風範，再到她們讓無數男人傾家蕩產的神祕私生活，這是馬塞爾腦海裡不斷串連與加碼的想像世界，現實生活裡的平庸與無聊因為被無窮提升到古典戲劇的創造性高度，使得生命重新充滿了激情，並展開對外部未知世界的探索。

因為暫時還無法親炙劇場，於是轉而觀看劇場外部的海報，然後進一步揣想女演員的私生活，然而不管是戲或演員都不曾親眼看到，唯一觸及的只是圍繞著劇場的各種唯物界面，但卻被反轉為戲劇本身。或者不如說，正是由這些外部的碎片與附屬元素，主角慢慢地逆溯而上，由劇場的物質性朝向戲劇的神祕精神核心：劇場的表演。

深藏在外叔祖父房間裡的奧黛特於是成為理解劇場藝術的特異點，然而奧黛特雖然是女演員又是傳聞中的交際花，親眼目睹本人時卻絲毫沒有想像中懾惑。好不容易闖入交際花的私生活中卻發現並沒有戲劇性的不同，她的日常舉止、談吐與穿著終究與悲劇的對白與情節毫不符應，而且亦無讓人魅惑的狐媚與妖冶，其實只是一個漂亮、聰明與講究服飾的女人，這使得馬塞爾大失所望，但同時卻立即燃起另一番想像，更加神祕與不可穿透：「或許比起這種敗德在我面前具體化為某一特殊外貌，去想想她們生活中會有的敗德更讓我心神不寧——如同某部小說、某件醜聞中不可見的祕密，使得她們脫離資產階級的雙親並獻給眾人，使她們綻放得美豔動人，晉升到半上流社會且聲名鵲起。而這位女子的面部表情、說話聲調同我所認識的其他許多女子並無兩樣，這使我不由得把她看作是良好家庭裡的少女，其實她早已沒有家了。」[3] 敗德與醜聞成為激發想像的火種，只因為這兩者都如同是某個神祕

3 RT I, 76-77; I, 123.

他人的晦暗核心，不可穿透與不隨我的意志所主宰。想像與現實的落差因此並不會讓人放棄想像，而是更強化了想像世界不可接近的魅力。兩個世界的斷裂並不因失望而有所彌合，反而更加劇了兩者間的衝突與無法妥協。因為一旦進入生活之中，觀念就具體化為不再有改變潛能的各種尋常事物狀態，扮演費德爾的演員並不是悲劇人物費德爾，而只是一個中年女人，即使是讓無數男人瘋狂迷戀的奧黛特，在她精心修飾的日常中也不可能呈顯戲劇人物的純粹與遙不可及，最終不免讓人失望。然而，在可見的表象之外，在彷如尋常人物的外表下，交際花卻連結到某一則敗德的醜聞，這就足以使她代表著未知與陌異的可能世界，脫離了日常的平庸。這種無家可歸的異鄉人狀態，在華服、脂粉、珠寶、美貌與青春之外，添上了一般人所沒有的戲劇性。

外叔祖父的房間並不是劇場，卻因為這些豔名遠播的女子頻繁造訪而怪異地產生了劇場性；然而在這個空間裡的真正主角或許並不是任何一個具體的女子，亦不是發生在此房間（或任何其他地點）的行為，而是悖德本身。作為觀念的悖德，不是任何確切的事件或行動，而是被抽象化、保留著各種尚未實現可能性的「悖德性」（immoralité），才足以提供戲劇極端想像的強烈動能。而任何落實到實際肉身的悖德者相較於其觀念，都已經失去了必要的越界能量。悖德的戲劇性正在於，它總是逾越了我們對界線的要求，處在非我的另一邊，因此展露了差異的可能性。這便是所有悖德者所散發的戲劇性光暈，他們因生存在界線上而向我們指出了世界的外部，也進一步地將其推往更遠的方向。然而究極而言，外部不在任何地方，實際上也不屬於任何人，而是超越個人的純粹觀念。

這個因通往佇德而劇場化的房間無比誘惑著馬塞爾，但最終卻帶來了失望，因為親睹現實之後其實並不足奇，房間裡的人事沒有超脫既有的經驗，交際花即使美貌動人，殷勤嬌媚，仍然只是社交場所可以見到的年輕女子。親臨現場後，傳聞與想像中的場域仍然只能被收編於日常生活之中，並未能提供一個全然跳脫經驗的現實，仍然屬於同一個世界。在前往真正的劇場之前，外叔祖父的房間展現了典型普魯斯特的雙重現實，想像與實際、觀念與事物狀態、創作與生活、意義與符號……總是並行，普魯斯特在小說的所有場域中一再地展示這種雙重性，對藝術、愛情、時間、文學或記憶的思考都建立在對其雙重性的明確辯證之中，而小說的進展則以此為前提，每一段情節的發生似乎都僅僅是為了能最終揭露另一個差異於此時此地的現實，亦即觀念或虛擬的現實，而當下的生命是屬於一旦消失就永遠死去的經驗現實。如果沒有意識到每一個元素在小說中所往返來回的兩個世界，那麼就無法理解普魯斯特由逝去的時間到重獲的時間所高度操作的辯證。或者，如果混淆了這兩個世界的明確區分，那麼普魯斯特關於作品的構思最終就不再可能，從事書寫或徹底放棄也就如同他所說的，沒什麼好猶豫與惋惜的了。兩種現實的分裂（或者應該說，現實中區分開來的實際與虛擬的兩個半面），是普魯斯特創作論的前提，使得作品明確地不屬於經驗或日常生活，不會僅僅是「所曾是（但現在已不是）」的再現，而是差異於此的現實另一半面，屬於「此曾在」的永恆生機。創作者的生活並不會等於其作品，作品亦不只是生活的紀錄與見證，兩者注定是分裂的兩個世界。而且正是作品的創造性使得現實的雙重性成為可見。

外叔祖父的房間首先存在於被記憶重新喚醒的貢布雷，但亦已經「有許多年」不曾有人居住了，這個深藏在記憶中的記憶，連結到更早以前在外叔祖父巴黎房間裡的交際花事件，他因為讓年幼的馬塞爾撞見了名聲不佳的女友，兩方親人斷絕了往來。由是，一直到外叔祖父去逝，外叔祖父的房間不再有外叔祖父，成為一個在死亡之前就被封印在已逝時間中的空間，再也無法回返，時光亦無從逆流。然而外叔祖父與女子鮮活的互動卻被完整地存封其中，成為已逝過去的一個無法抹去的時間駐波，其鮮活的印象彷彿是一場不斷重演的戲，在記憶中取得極獨特的意義。

二、聲學介質中的音速

親眼看到外叔祖父與交際花之間的往來雖然滿足了好奇心，但相較於劇場所能激發的無窮想像，未免讓人失望，而且交際花（女演員）的生活遠非舞台生命的延續，其實不過是平凡的社交酬酢應對。外叔祖父的房間無法替代戲劇所能給予的強烈感情，終究必須親自前往戲劇的神祕核心：劇場，而不是停留在外部窺探與想像。而且不僅如此，對劇場的體驗亦不是任意為之，而是必須放置到最高等級，接受最強作品的洗禮：「如果女演員不是在平庸粗俗的情節上渲染真和美，而是在一部真正有價值的作品上疊加她偉大和真實的表演，那就更好了。」[4]觀看拉貝瑪演出著名的《費德爾》，其價值被拉拔到觀賞提香（Titien）或卡帕齊奧（Vittore Carpaccio）最傑出作品的等級。那是暴風雨中最驚狂猛烈的風暴，亦是天才藝術家最頂峰的天才之作。對傑作的想像為表演帶來了無比的期待，戲劇在此很明確地是一種由重複與差異所巧妙辯證的藝術，馬塞爾最渴望觀看的不是新的戲碼，而是他早已牢記於心的古典劇本，因為戲劇的創新並不只在於文字與情節，更在於不同演員對經典劇本所創造的差異演出，只有這樣才能看出「演員的語調與姿勢對台詞所產生的效果」；[5]而戲劇所取決的關鍵，其所引發的好奇因此不停留在台詞所運用的文字，而是演員如何能夠在眾所皆知的台詞中調度完美結合的語調與姿勢。正是在這個纖薄與細微的差異中，仍然保留與預備著一個「巨大的空間」，允許演員深入其中展示他們的創造性，而且使得同一句台詞就可以讓不同演員的天分高下立判。

主角渴望看戲卻因健康因素不被允許去戲院，因而在心裡愈加提升了戲劇的美妙與完美，在極致的想像中帶往一種靜態的觀念，成為純粹的形式，值得觀賞的戲必然是以最天才的演員來表現最傑出的古典作品，這樣鮮明與純粹的表演在更早時則完全凝縮在一種獨我論

---

4 RT I, 432-433; II, 15.

5 RT I, 433; II, 15.

的世界之中，只允許劇場成為一個無窗無門的單子，戲劇則在如此純淨封閉的空間裡理想地展開，「每個觀眾都像是通過立體鏡來觀看只為他一個人存在的舞台布景，儘管同其他成千上萬觀眾所看到的類似，但各人所見只屬各人」。[6] 戲劇在這種設想中具有一種真理的形式，完全超脫於實際生活，而且以其詩學的強度比生活更為真實。因此，為了瞭解生活非得進劇場看戲不可。然而，這只是一種無有肉身的劇本式想像，不真的是實際的劇場，因為在這種純粹的形式中，欠缺戲劇的身體性；戲劇是一種行動而非文字的想像。亞陶（Antonin Artaud）說：「在每一次展演中都致使演戲者與來看戲者贏取了某種身體性的東西，況且，我們並不演戲，我們行動。劇場事實上就是創造性的起源。」[7] 戲劇並不等於劇本朗誦，它有詩學的要求卻不停留在劇本的文字之中，而是有著演員與觀眾所共同生產的雙重身體性，這是每一次展演都重新創造出來的未知「某物」，換言之，即使每一次的台詞都相同，卻都展現現場唯物性所激發的創造性差異，每次的展現都既是「未知」的重複與「所是」的變動，戲劇＝x，是由身體的在場所共同觸發與決定的未知物。而且正是在這種要求行動的唯物性中，劇場尋獲了特屬於它的創造性起源，完全不同於其他藝術形式。

馬塞爾熟記著即將開演的劇本，但在劇院裡他才恍然意識到現場的身體性才是一齣戲的真正賭注，因為圍繞著演員的所有事物都不斷交互影響與互動，從收票員、帶位員、助理、包廂客人到劇場的通風、溫度、灰塵、光影、人員服飾，無一不多重決定著即將上演（正在上演）的戲，而被觸動的感覺在分子層級不斷積累與變化著。在戲真正上演之前，戲劇性早已經開始結晶。「從此刻起，劇場、群眾、演員、戲，以及我自己的身體都只是聲學的介質（milieu），只有當它們有利於此聲音的反射時才具有重要性。」[8]整個劇院，指的不只是空間及空間裡的道具與設備，而且包括從各地前來看戲的觀眾，在表演時組成了一個臨時與巨大的有機體，以集體的內在共振成為一齣戲的共同生產者，但這並不是說觀眾也加入演出，成為現今極為常見的舞台互動。劇場成為一種允許聲學共振的創造性介質，或者應該說，這個臨時整體在時間中的結晶成為戲劇流變的基底，演員在這個聲學介質中，既朗誦又逃離、既演出又叛逆於既定的劇本文本。事實上，真正上演的是差異與重複的形上學。劇場演出，但首先是一個促使流變發生的場域，戲劇的所有元素都前來組成一個全新的共生（symbiose）平面，但並不是為了同義與應和於劇本，相反地，每一次都必須朝向藝術作品所不可或缺的流變—他者。振動這個聲學介質的，並不是演員的發聲，而是流變的潛能，感性在此被重新塑造出來，不僅是由演員本身，而且也挹注了劇場的整個在場性，這是由集體所表達的感性流變，而聲音只是使流變顯現的材料：「感性流變是某物或某人藉此不停流變—他者的行動（經由持續是其所是），〔……〕這是介入於表達物質中的他

6 RT I, 72; I, 119.

7 Artaud, Antonin. "A Paule Thévenin, mardi 24 février 1948", *Œuvres complètes xiii*, Paris: Gallimard, 1974, 146.

8 RT I, 440-441; II, 22.「劇場和群眾僅僅是她即將進入的較外部的第二件衣服，而她的天才將通過的或優或劣的導體。」RT I, 438; II, 20.

性（altérité）。」[9]劇場的流變—他者絕不該等同於各種情節的進展（即使再怎麼變態與匪夷所思），亦不是徹底轉變成與劇場不相干之物，而是在「持續所是」的持存中強勢展現的他性，在悲劇的重複降臨中觸及感知的界線與創造另類的情感，這就是拉貝瑪出場後的真正演出。拉貝瑪不像其他演員給出了符合台詞的手勢，亦沒有為劇本中費解或輕忽的片段添加清楚的表達，因為這樣的演員並未能召喚任何戲劇的流變，演出似乎只是為了使得劇本的內容能被視覺化，在已知的故事進程中從事強弱快慢的同質性調控。拉貝瑪完全不同於這些演員，她的演出首先促使人感受劇場本身的絕對性，整個劇院在她的出場後成為一個完全獨立於外部世界的共振空間；戲劇所必要的他性並不敗壞戲劇，反而將戲劇推往其特異的存有，以流變—他者來指稱的自我。拉貝瑪的發音與姿勢並不在台詞所預期的位置，甚至不在任何位置，而是展現著一種不斷流動與不可定位的動態，使得演出成為攪動劇場的未知風暴，引發其所不可或缺的虛擬叛亂（révolte virtuelle）。在戲劇的這種虛擬性中，並不是去追隨演員的台詞朗誦，而是相反地，使得自己成為台詞得以發聲的介質，而流變則是其聲學條件。這是由演員所展現的，在感官上的搖撼與對既有感知的解放，「一齣真正的戲劇動搖了感官的寧靜，解放被壓縮的潛意識，推向一種虛擬叛亂，而這僅僅因為停留在虛擬，而且在聚集的集體性上強加了英雄與困難的態度，才具有它所有的價值」。[10]這樣的叛亂由觀眾所共同參與，但僅僅只是成為其導體，承載了戲劇必要的虛擬能量。這種積鬱且逐漸生成的虛擬潛能不僅在於可見的種種聲響或動作，更發生在所有作為戲劇晶體上的物質性。

因為發聲與姿勢的不可預知與不可定位，叛亂成為戲劇的本質（或，戲劇的叛亂成為其本質）。這並不是說演員必須在舞台上表演某種暴亂，而是反叛、抗拒與脫軌（流變—他者）成為與劇場不可分離的潛能，演員的每一發聲與每一姿勢都朝向這個潛能的實現。預測因此是不可能的，甚至因預期的戲劇效果不曾出現而感受不到演員的任何表演，演員存在於他方。一切只能伴隨其在時間中的逐漸生成，每一戲劇瞬間都同時只是時間的空洞形式，都等待著他性的進場，且因為他性的不可預測使得流變—他者成為舞台上唯一可能的運動。演員在時間中的流變，使得劇場迫出了時間的獨特質地，在此，時間本身成為劇場，而停止與不動不再可能：

> 我的眼睛、耳朵、精神朝拉貝瑪開展，唯恐遺漏任何一點值得我讚嘆的理由，但完全徒然，我連一個理由都收集不到。我甚至無法如同對她的同伴們一樣，在她的朗誦和表演中辨識出知性的聲調和美麗的姿勢。我聽著她，就彷彿在閱讀《費德爾》，或者彷彿費德爾此時自己說著我聽到的話，而拉貝瑪的天分似乎什麼都未添加在話語上。我多麼想讓藝術家的每個聲調、每個臉部表達都長時間地定格、不動，以便深入進去，努力發

---

9 Deleuze, Gilles & Félix Guattari. *Qu'est-ce que la philosophie*, Paris: Minuit, 1991, 168.

10 Artaud, Antonin. "Le théâtre et son double", *Œuvres complètes iv*, Paris: Gallimard, 11-171, 1964, 34.

現它們所具有的美。至少我拚命努力想思想敏捷，在每個詩句出來之前安置和調整好我的注意力，以免在每個字、每個姿勢上將任何細微時間分心於準備工作上。多虧我的注意力的強度，得以如願進入台詞和手勢的深處，彷彿我擁有長長幾個小時一樣。然而時間畢竟十分短暫！一個聲音剛被我耳朵聽到便立刻被另一個聲音所取代。[11]

如果拉貝瑪以她的表演天賦展現了劇場虛擬叛變的本質，這個叛變並不連結到任何具體內容，絲毫不是情節或結構上的行動，亦不是對某人或某事的背叛，而首先是以脫軌與轉向的潛能展現了對速度的感知，如同是舞台上不可預知的純粹流變。速度並不是距離除以時間所得到的物理學數值（每小時移動六十公里就是速度六十公里／時），就像時間既不等同於鐘面上的刻度（五分鐘即分針走一格），亦不是天體運動的均質等分（一天是地球繞日一周的三六五分之一），而是涉及更複雜的內在感知。物理學的速度是附屬於運動的函數，並不能給出更多的意義，速度的增減只是表達同一時間中單位距離的增減，但不論如何改變，即使速度極快，運動的距離都是可計算與預知的。流變則完全不同於這種由A朝向B的物理學運動，當我們將速度視為劇場的問題時，姿勢與音調不再只是身體或聲音的定向運動，而是為了逃離既定軌跡所促成的動靜增減，是加速或減速所產生的異質動態，而且因為動靜的不可預測而能激起全新的感性。速度因此不在於運動的大小快慢，而在於激起異質動態的潛能，並使得這種感知成為戲劇的表達。藉由姿勢的動靜增減來問題化這種感知，讓身體（姿勢與音調）產生速度而不是只有運動，讓非比尋常的更快或更慢在知性與意識可察覺的閾值之下觸及感官，在微細的分子層級上展現速度的虛擬叛變。每一次都必須再次跨越已知的感知界線，觸及其邊界以便產生速度的可感，而不是停留在運動的慣性之中。舞台上的拉貝瑪較不是為了展現任何運動而有身體的姿勢或台詞的音調，相反地，這些姿勢或音調都只是為了使另類於既定感知的動靜快慢成為可感，速度的變化遠比運動的遠近更是關鍵。換言之，戲劇的流變—他者展現在因另類的動靜快慢所激起的陌異感知，而每一刻的姿勢或台詞都要求重新的理解，亦都激起全新的感知，然而亦都即刻被另一需要重新理解的姿勢或台詞所取代。速度無關快慢，而是動態的不可定位使得一切都處在無止息的流變之中。一個聲音接著另一個聲音但卻總是不接續在話語流湧的慣性之中，這是因為每一個聲音都指向由其所促使可感的速度，都再次更動了動靜強弱的預測，也因此展現了特屬於戲劇的「音速」，總是「一個聲音剛被我耳朵聽到便立刻被另一個聲音所取代」，演員的發聲迫使觀眾置身於劇場引發的「介於二」，前一句話被後一句所叛變與否定，每一聲音都以其特異的音速逃離其他聲音，觀眾參與了由演員所激起的流變—他者，而且自己亦成為流變能被激起的聲音介質。

11 RT I, 440-441; II, 22.

三、超越的現實

拉貝瑪並不是為了可見的表面效果而演出，她既不表演費德爾，朗誦劇本也毫不戲劇化，而且還相反於此，口白單調平板，甚至無有太多可見的肢體動作，整齣《費德爾》的高潮凝結在她靜止於舞台的一刻，動作與台詞皆歸零，觀眾直到幾秒後才彷如大夢初醒，爆出掌聲。肢體或聲響的大開大闔並不會等值地代換成戲劇張力，反而是在凍結的瞬間拉貝瑪召喚了最撼人的戲劇速度。戲劇的關鍵並不取決於運動的可見性，虛擬叛變的巨大能量在時間的創造性存有中構成所有觀眾的嶄新情感，運動＝0的時刻有速度＝∞。費德爾並不存在於既有現實，她並不只是情感出軌且謀害繼子的某個女人，而是誕生在演員藉由姿勢與台詞創造的速度中。費德爾僅只活在未知與超越（transcendantes）的另一種現實之中，這便是戲劇的創造性時刻。[12]拉貝瑪的演出使得這個超越現實展現了日常生活中不可見的真理，我們因繞經了她創生在舞台的悲劇而進一步掌握了現實的質地，這是由虛擬叛變所達成的效果，速度＝∞的悲劇時刻。

費德爾並不是因為她犯下的悖德與亂倫而降生在特屬於她的超越現實之中，因為悖德算不了什麼，文學與戲劇中所在多有，但似乎只有高明的演員才懂得如何將她重新鮮活地誕生於舞台。因為有拉貝瑪，費德爾一次又一次痛苦地在她的超越現實中復活。然而，與其說劇場是產生獨特經驗的場域，總是殺父、娶母、戀子、篡位、弒君……不如說這是為了使事件成為可能所從事的高張準備。因為當劇場速度＝∞時，沒有人知道將會降生什麼？即使是殺父娶母，亦僅是這個問題化場域中的衍生效果，是為了使問題性一再地以戲劇方式迫出的物質條件。這完全無關於劇場裡運動的多寡，當問題性場域已經開始感染整個劇場，即使運動＝0亦無妨，因為戲劇是經由速度所展現的叛變，不是運動的物理學，而是速度的形上學。「那種在一句詩上飛快傳播的魅力，那些持續變型不定的姿勢和接續的場景，是戲劇藝術提供的瞬間的結果、短暫的目的、動態的傑作，而一個過於入迷觀眾想以注意力固定下來則會將它摧毀。」[13]在劇場裡真正演出的不是任何人物或劇情，而是速度所造成的瞬間、短暫與動態強度，以費德爾所命名的，其實正是這些異質強度在時間最小間距中的整體效果，由天才演員所催化，觀眾在時間最小值中所感受到力量最大值的變態動員。這是極度動態的時間增壓與增感，一方面，時間的韻腳驟然在此斷裂，不再能如常合拍，置身其中同時亦是被拋擲到一個時間脫節的速度增幅之中，在極端短暫的時間切片裡驚惶感受世界的恐怖加速或延遲，希望與絕望同時湧現於不可能的同一時刻；另一方面，時間脫節，事件湧現，人卻徹底地置身於時間的永恆內部，既遺忘自身亦遺忘神，不再有時間卻反而使時間延展成無窮無盡，如同賀德林（Friedrich Hölderlin）評論《伊底帕斯》（*Œdipe*）時所言，「在這時刻內

12 RT I, 442; II, 23.

13 RT II, 351-352; III, 52.

部，必須追隨決絕的改道（détournement），而且因而毫不再能與最初情境等同」。14

瞬間並不只是一段極小的時間，既不是一秒或零點一秒，也不屬於任何均等切分的時間跨距，因為這樣的物理時間即使極短，產生的運動仍然允許停格、預測與定位，事物總是以其均質成長散布在假設的座標空間之中。然而瞬間卻是時間的叛變，既定的運動「決絕改道」以便構成時間的破壞性基底，成為戲劇的總體力量壓注其上的沉重時刻。如果它是一秒，那麼將是觸及無限性的一秒，連結著更巨大時間的生命破口。人物內在於這個破口與脫節的速度之中，戲劇正是為此從事著一切的準備。時間因此不可能等於均質的一秒或一分，因為每一瞬間都不能相互替換，在這樣的時間之中瞬間只是改道的同義詞，每一個瞬間都改道，每一刻都因不再與前一刻的情境等同而跳脫時間流，都相互異質且各自悖反，因此成為戲劇的時間與時間的戲劇。

重新問題化的時間成為戲劇的真正舞台，在這個問題時間中的每一瞬間都發生轉向，崩斷韻腳，事件將臨或已臨。在這樣的時間中，我們等待，而且成為見證每一問題時間的不同觀點。然而，從外叔祖父的房間到拉貝瑪演出的劇院，戲劇所指向的超越現實卻一再讓馬塞爾失望，因為可以觀賞的戲也就離人們的現實不再遙遠，辛苦繞經劇場後並未能觸及真正的未知想像。儘管如此，生命卻能因為有拉貝瑪的演出而翻新，重新盈塞激情，靈魂得以再度被激活。「拉貝瑪《費德爾》的『告白場景』對我幾乎是一種絕對的存在。他們由尋常經驗的世界中退隱，靠自己存在著；我必須接近他們，盡我所能地穿透他們，我即使睜大眼睛與心靈能吸取的也極少。然而我感到生命是多麼美好！我過的生活微不足道，但就像穿衣和準備出門的時刻一樣不重要，因為在遠方有著以絕對方式存在的拉貝瑪所朗誦的《費德爾》，這是美好與難以接近、不可能整體掌握的更堅固的現實。」[15]然而，想像一旦落實為生活，這個因外部事物而昂奮的精神將再度頹唐，回歸原點。生命一起一落，間歇有時。對於普魯斯特用以註記創造性存有的「間歇之心」，貝克特說這是普魯斯特的獨特手法，「對原初觀點的最後肯認」。[16]這個重新銜尾於最後的最初不會再是原先的最初，而是證成了時間的迴圈形式，這正是普魯斯特的兩種時間樣態之一。一是繞圈（時間的迴圈形式），另一是平行（時間的雙芯構成），但這個時間的問題化運動已經是時間所創造的戲劇性。

《費德爾》提供了一種獨特的生命經驗，如同觀看繪畫、聆聽音樂，或出發前往旅行，又或是投身於熱烈的愛情。這些特異經驗雖然激起了存有的激情，使得生命重新充滿創造的能量而生機勃勃，但親自置身這些場域之中，注定不如想像中完美與理想，失望難免。然而每一次因為觀看、聆聽與感受藝術作品而被重新激活的生命中，都銘刻著不同個體的獨特觀點或聽點，斯萬對凡德伊奏鳴曲擁有絕對不同於其他人的深刻感受，那是他投注整個生命激

---

14 Hölderlin, Friedrich. "Remarques sur les traductions de Sophocle", in *Œuvres*, La Pléiade, 1967, 958.

15 RT II, 344-345; III, 44-45.

16 Beckett, Samuel. *Proust*, New York: Grove, 1931, 45.

情的愛情所轉化而來的感知，而這個感知裡融匯著他一生對藝術、文學與社交禮節等生命經驗的紋理與質地，是不可能有第二人可以取而代之的聽點。同樣地，《費德爾》雖因為一位天才演員而淋漓盡致地展現其悲劇的威力，但是卻也只有透過在場觀眾不同觀點的轉化而重新具有生命。最終，由劇場所得來的獨特體會，對時間重新問題化的感知，將再度被轉化到對生命的真實感受，成為感知現實的真理。這是何以拉貝瑪的演出眾星雲集，包廂裡坐滿了巴黎貴族階層的重要婦人，小說中最重要的這場演出正是以這些貴婦作為聲音介質而展開，在她們的觀看中，《費德爾》不再只是展現於舞台中央的絕對現實，而是迴盪著敘事者童年在蓋爾芒特城堡閒逛散步時的魅力，已永遠逝去的某一個夏日午後，以及必須透過另一重創造，書寫的創造，才能尋獲的超越現實。

第六章

觀念書寫

一、文學的天賦

音樂、繪畫、劇場與書寫是普魯斯特描繪作品的四種存有樣態，在長達一生的超越練習中，作曲家凡德伊、畫家埃爾斯蒂爾、演員拉貝瑪與作家貝戈特的作品表達著風格化的情感，跨越感官的界線，以音樂創造性地摺曲了聽覺，以繪畫解疆域了視覺，以及以戲劇促使身體叛變。然而，作家貝戈特卻不在此列，他的文字優美深邃，是古典詩學的傑作，卻不屬於普魯斯特思考中的文學。對於切身的文學創作，普魯斯特顯然無比慎重，不僅留待小說最後才開始談論，而且以反面教材的方式，從龔固爾日記的批判中迂迴地展開。[1]

對普魯斯特而言，觀念明確是作品的起點與入口，因此作品如果總是無法展開，就是因為遲遲未能形成使作品被問題化的觀念。作品從來不是外在世界的再現，即使是鉅細靡遺的敏銳觀察與天花亂墜的敘事都不是作品真正的構成要素，因為這樣的書寫沒有創造觀點，也沒有問題化這個世界以便思考世界。簡言之，如實再現世界只是停留在表面的現象與轉瞬即逝的事物上，並不能揭露「更深邃的真理」。[2]在小說第七卷，馬塞爾據此對龔固爾日記提出具體的批評，清楚地將現象的書寫區分於觀念的書寫。龔固爾兄弟在日記中記下了馬塞爾亦在場的宴會與他熟識的朋友，文字慧黠且語調幽默，不僅見多識廣與觀察入微，而且總是藉此提出人世的智慧，然而這些美好與動人的回憶對馬塞爾而言，卻「不比我看到過的東西更為美好」，而且相較於偉大的著作，日記體書寫其實平庸無比。如果書寫只是為了記下沙龍裡的話語，或某位貴族的高妙打扮，馬塞爾悲傷地認為，因生病離開社交生活且無能開始書寫，似乎不值得懊惱與後悔。

這是小說中最消沉與絕望的時刻，馬塞爾事實上已經放棄寫作多年，而且也不再想起這件事，他從療養院回來後又再次確認自己欠缺文學天賦，卻發現其他人也未能呈顯他想像的文學樣貌，因此或許是自己搞錯了，文學其實根本沒那麼了不起，沒有天賦或錯失創作並沒有損失。然而，龔固爾日記卻引發他的困惑與異議，由此展開一段作品與生活的獨特辯證。龔固爾兄弟對於觀看與聆聽有過人的能耐，記下了無數細節，他們代表的是好的觀察而且是好的記憶，但馬塞爾不善於此，他只關心能引發激情之物。[3] 龔固爾寫下的人事物對知情的馬塞爾乏味無比，從這些回憶中他只看到平庸與俗氣，絲毫喚不起熱情。日記體書寫反映一種文字的天真，書寫除了回憶之外什麼都不是，也什麼地方都到不了。這種態度引發了馬塞爾內心的衝突與質疑，因為他不僅沒有這種泛泛地看與聽的能力，對這種能力也

---

1 在第七卷一開始，普魯斯特以他在《戲仿與雜文集》（*Pastiches et mélanges*）的手法，模仿龔固爾日記寫下一長段文字，並且由此展開他對文學書寫的思考。

2 RT IV, 287; VII, 23.

3 「我無法看到未能在我身上經由閱讀喚起欲望的東西，無法看到我事先不想畫出草圖以便事後想與實物對照的東西。」RT IV, 297; VII, 35.

不感興趣，認為看與聽的單純回憶算不上創作，因為人事物的流動生滅可以帶來作品的啟發，卻絕不是作品本身。換言之，雖然不能否認生活對創作的影響，但作品卻獨立於生活。平庸的生活不會因華美文采的大加描述成為偉大作品，相反地，偉大作品則可能來自真實生活裡俗氣遲鈍的創作者；或者確切地說，文學並非不能描寫平庸與愚蠢，卻絕非來自生活的白描，而是能使得所書寫的愚蠢成為一個文學的觀念或問題，這不是天真地以文字記載的愚行錄，而是讓文學因愚蠢的問題化（愚蠢成為問題）而以全新的觀點被認識，比如福樓拜（Gustave Flaubert）的《布瓦爾與佩庫歇》（*Bouvard et Pécuchet*）或杜斯妥也夫斯基（Fyodor Dostoevsky）的《白痴》（*Les Frères Karamazov*）。

作品不是生活的再現，不管經歷過的生活多麼非比尋常與駭人聽聞，創作都不是已逝過去的翻模與複製。從生活到作品，或反之，從作品到生活，涉及不同能力的展現，兩者之間的斷裂比連續更重要。在生活中品味高尚談吐風雅的人可能一本書也寫不了，比如斯萬，他比任何人都深情於弗美爾的研究，最終卻一本著作也沒能完成，然而，「在巴爾札克的書信裡，充滿了那種斯萬情願死去一千遍也不願使用的粗俗詞語」；[4]另一方面，創作傑出作品的藝術家在他們生命早期也可能只是一個逢迎拍馬的庸俗人物，小說裡的作曲家、作家與畫家在生活裡都不怎麼討喜，「凡德伊過於靦腆的布爾喬亞主義，貝戈特讓人無法忍受的缺點，乃至埃爾斯蒂爾在他早期浮誇的庸俗，都不能作為否定他們的證明，因為他們的天才是由他們的作品來顯示的」。[5]生活可以激發創作靈感，但作品卻絕不是生活的紀錄與再現。

換言之，生活是一回事，作品則是另一回事，而且正因為投入作品之中，創作者才得以由世俗生命中離開，作品證成的是一個與我們差異的可能世界。

對事物的觀察再怎麼仔細仍然只是表象，空洞而且易逝，龔固爾兄弟回憶生活的細節並且表達各種喜惡判斷（這我喜歡，這我不喜歡……），世故卻不痛不癢，因為這只是停留在「知面」的文化活動。[6]日復一日的生活裡充滿平庸與俗氣的見聞，如果不是空洞的想法，就是轉瞬即忘的風尚與流行，即使是在貴族的沙龍晚宴或音樂會也不例外。創造性在日常中並不被激活，反而愈來愈麻木，因為只有強度與激情才能喚醒精神，這便是屬於馬塞爾的能力，完全不同於龔固爾。

在短暫與變化的表象前，精神（或「心」〔cœur〕）沉睡著，對引不起欲望的外部事物視而不見聽而不聞，只在偶然的機會裡間歇性地活轉。相反地，龔固爾隨時保持「開機」與警醒，但所見所聞毫無深度。馬塞爾在日常的感覺流動中眼盲耳聾地活著，只在意現象中隱藏的普遍本質，卻必須等待與啟示者相遇才能喚醒沉睡的心，而這正是必須追尋之物。

---

4 RT IV, 298; VII, 37.

5 RT IV, 298; VII, 36.

6 關於知面（studium）與刺點（ponctum）的解釋，請參考 Barthes, Roland. *La chambre claire*, §10-11。巴特在這裡區分了喜歡與愛的不同，用了英文：“j’aime / je n’aime pas, I like / I don’t”，指出知面屬於 to like 的層級而非 to love。

二、精神的啟示者

觀念與現象截然不同，這是普魯斯特在許多地方（包括《駁聖博夫》）反覆強調的書寫關鍵。這兩者正如葛雷柯（El Greco）的繪畫，在同一平面中神與人、天與地共存卻裂解為平行的差異世界。[7]如果書寫絕對不該簡單等同於現象的再現，《追憶似水年華》便不該被視為只是某人（不論是普魯斯特本人或他虛構的馬塞爾）的經驗回憶，而是為了在紛雜生活中跳脫表象的書寫行動；因此，即使普魯斯特文字優美如詩，小說情節壯闊非凡，整部小說的內裡卻推進著一場基進的文學革命。書寫者只為觀念書寫，一切被寫下的事物狀態（沙龍裡的社交、童年生活、旅行見聞……）如果不是為了將觀念由經驗中迫出，或是為了由日常生活中絕然地斷裂，文字都將如同事物的表象般隨時間流逝死去，毫不足道。

對龔固爾日記的批判形成了觀念書寫的想法，文學並不是短促現象的如實登錄，而是生命遭遇啟示後所能觸及的觀念。普魯斯特堅定地主張，如果沒有觀念作為書寫的基底，書寫毫不可能，或者至少毫無意義。在觀念—書寫的連結中，書寫是觀念的差異化程序，而非現象的同一性再現，既有的文學典範不再是必須遵循的律法，而是書寫行動中必須重置的對象。觀念與現象在書寫中的嚴格切分，使得小說敘述者對於自己沒有文學天賦的宣稱，與其說是自我哀憐，其實更是對於何謂文學提出含蓄而頑固的質問。[8]白描與再現能力的欠缺反而迫使敘述者重新思索文學的本質，如果文學根本不停留在事物表面，那麼文學的邊界或許就獲得徹底變革的各種潛能。

從文學天賦的闕如到基進回應何謂文學，普魯斯特以一本大書使得文學歸零與觸底，即使是寫小說（特別是寫小說），亦是觀念先決！只有創新的觀念（對於文學、時間、空間、情節、記憶、愛情、友誼……的觀念）是書寫可以開始的條件。書寫從此必須以全新觀念的誕生來定義，即使小說離不開故事與情節的關注，也不意謂這是文學的首要工作，而且專注於此將使得文學瑣碎與平庸無比。

在放棄創作後書寫卻全面啟動，在確認欠缺文學天賦後反而重置文學定義，書寫成為一種基進革新的行動。然而，文字究竟如何由平庸再現中逃脫，不再陳腔濫調地複述著生活所見所想（樹是樹是樹……），根本地觸及事物的真正本質？整部《追憶似水年華》的真正目標，正在於明確安置文學的動力引擎，書寫由無能動筆到無限展開，由徹底遺忘到鉅細靡遺

---

7 葛雷柯（El Greco, 1541-1614）的許多作品皆表現著這種二元性，以戲劇性手法表現天與地、神與人的二個世界，差異卻共存，比如其代表作〈歐貴茲伯爵的葬禮〉（*El Entierro del Conde de Orgaz*）。普魯斯特在第七卷談作品的問題時也以此為例（RT IV, 338; VII, 75）。

8 「我在乘火車回巴黎的途中，想起我文學天賦的欠缺，我過去在蓋爾芒特那邊就已經發現，與希爾貝特在當松維爾還沒天黑也還沒回去吃晚飯的每日散步中，我也更加傷心地確認，而在離開這塊領地前夕閱讀龔固爾兄弟的幾頁日記時，我已幾乎把這種想法等同於文學的虛妄與謊言。如果我讓欠缺天賦的想法不是緣於我自身的特別病弱，而是緣於我曾相信的理想並不存在，也許就比較不痛苦了，但卻更為陰鬱。欠缺天賦的想法已經很久沒有回到我腦裡，現在卻以一種前所未有的悲哀力量重新撼動了我。」RT IV, 433; VII, 173.

的記憶，其神祕內核便是觀念。然而，觀念是什麼？從何而來？書寫如何才能具有或激發觀念？小說第七卷後半直到卷終，普魯斯特反覆辯證生命、時間、感覺、記憶與書寫的特異關係，由書寫的不可能翻轉成不書寫的不可能，使「可能」僅僅奠基在「不可能」的再次確認，並促使創作重獲已逝生命與時間的意義。

能否出脫日常秩序，激發觀念書寫（或書寫的觀念），關鍵在於強度。但蓄意的煽情或悲苦只是增強與疊加了表象，即使現象因被放大而讓人留下印象（或催淚），卻不生成真正的強度，隨著時間的流逝仍將死滅。唯一的強度來自感覺，但並不是隨時隨地的感受或知覺，而是偶然驚覺到「幾種事物共有的普遍本質」，迫使跳脫出生活的思考慣習，停下手邊一切事務，開始琢磨不同存有能「在時間之外」的共性。這便是與書寫不可分離的「精神的重新激活」，其首先來自生活中偶然出現的某個啟示者。[9]

由啟示者所引發的強烈感覺帶來愉悅與困惑，使得在紛雜現象中已疲乏無比的精神重新被激活，跳脫日常生活的秩序，不再任由現象牽引，而是對強度的未知根源展開追尋。時間從此決裂為兩種不同模式：現象不斷生滅的日常時間與觀念被激起的時間。這意味著生活雖在時間裡持續進行，但這不是唯一的時間，因為精神被激活在另一種時間，在（日常）時間之外，從事著完全不同的運動：對本質的追尋。

精神重新甦活、振奮構成了一種追尋的時間，或者反過來，為了再度喚醒精神而在時間之中對外時間或超時間的「時間的追尋」，構成了作品的主要行動。對時間（或超時間）的追尋，首先來自與啟示者的偶然相遇，這是能引發強烈歡愉與至福的某個東西，客體x，既是生命中無窮事物中的任意一個但同時也瞬間翻轉為特異的一個。不再不痛不癢，而是會激爽、刺痛或湧起至福感的x，既無比尋常卻又非比尋常，x是隱而未藏於生命中的刺點，不是關連到知性的知面，完全偶然、像擲骰子不可測，得碰運氣但碰上了保證刺痛，感覺強烈。這非關喜不喜歡的問題，而是一種愛情（「那情形好比戀愛發生的作用」[10]），如同巴特所說的：「針刺、小孔、小污點、小裂口——而且也是擲骰子。〔……〕就是這個刺我（但也謀殺我、刺殺我）的偶然。」[11]啟示者是某個「遠比我還大之物」，生命的純粹裂

9「在我身上有一個多少善於觀看的人物，但這是個間歇性的人物（personnage intermittent），只有當好幾種事物共有的某種普遍本質（essence générale）表現出來時才恢復生命，這是他的養分和快樂。於是，這個人物觀看和傾聽，但只是在某種深度中，因此觀察並不會從中獲得好處。就像是幾何學家抽去了事物的可感性質只看到它們的線性基質，人們敘述的事逃離了我，因為我感興趣的不是他們想說的事，而是他們說這些事的方式，這是他們的性格或他們可笑之處的啟示者（révélatrice）；或者確切地說，這一直是我特別追尋的目標，因為一個存有和另一個的共同點（commun）賦予我一種特有的樂趣。只有當我看到它時，我的精神——在此以前都在沉睡，即使是處於我對話的表面活動之下也是如此，而生氣勃勃的談話使其他人無法看到精神的完全麻木——突然開始進行愉快的追逐（chasse），但是，它追逐的東西——例如維爾迪蘭沙龍在各個地點和時間中的同一性——位於半深之處（mi-profondeur），在表象本身之外，在一個稍許退縮的地帶。因此，存在表象的、可複製的魅力逃離了我，因為我沒有停在它之上的能力（faculté），如同一個外科醫生，會在婦女光滑的腹部下面，看到正在體內啃噬她的病痛。我徒勞地在城裡晚宴，我看不見那些賓客，因為當我自以為觀看他們時，我給他們拍X光。」RT IV, 296-297; VII, 34-35.

10 RT I, 44-45; I, 90.

口與脫軌，知性的運作在此絲毫幫不上忙，必須去尋覓，甚至創造，然而「當追尋者正是他自己必須尋覓的晦暗國度整體，且他所有行囊卻都空無一物時，精神一再地感到被自己所擊敗」。[12]這個偶然的小裂口匯聚了一切重量與強度，無人稱與不可指定，對普魯斯特而言，在這個偶然相遇中一切才可能啟動。然而，對於啟示者的等待與追逐並不等於作品，在馬德蓮的例子裡普魯斯特清楚指出「茶水喚醒了這個真理，但卻不認識它」。[13]它為了更進一步的創造行動作了見證，但被啟動的作品「**無窮地超越**了它」。馬德蓮或其他見證啟動了書寫的機制，卻不認識書寫也不同於書寫之物，因為作品並不是生活中任何事實或物件，它是「非實際」（inactuel）之物。

偶然出現在生活中的見證、啟示與刺點提供了脫離經驗生活的裂口，這是穿越時間秩序對「這個曾存在過一次」（cela a été une fois）的暴烈感受。從這裡開始，現在不再能主宰整體時間，過去也不再只是現在的回憶，而是由現在的時間政權中解放出來而且重構了現在。現在不再是現在，而過去也不再是過去，過去與現在建立了第二種關係，在時間之外的時間關係：共存且同時的現在與過去。這兩種不同性質的時間以不同於日常生活的另一種時間性被再連結起來，在時間之外的時間新鏈結，時間的「非關係」突破了習慣的界線與跳脫線性的連結，這就是普魯斯特所建構的「重獲的時間」。

經由表象與本質的區分，普魯斯特明確區分兩種時間性，符應了兩種不同的創作心靈，也各自對應著迥異的生命質地。其中一種是組織與秩序的，創作等同於觀察與書寫現在（當下現象），生命成為對現在的全神貫注與全面再現，另一種是無機或無組織性的，不認為現在的表象具有意義，總是尋覓足以激發觀念的啟示與見證，儘管像擲骰子般全憑偶然，卻是為了能啟動真正的作品時刻。

肉身短暫而虛假，必須以靈魂的永恆認識取代紛雜與平庸的經驗，捨棄諸般表象趨近觀念（甚至是時間的觀念），因為只有深藏的共性才值得重視。這種對本質的追尋使馬塞爾似乎成為一個柏拉圖主義者，然而，或許也只是一個表象，或者不如說，也只是普魯斯特用以表達他眾多創作衝動的方式之一，表達著無論如何想要離開世俗生活的要求。作品的構成從來不是知性的，普魯斯特所謂的觀念也不是柏拉圖意義下的形式或理型，因為非自主性與超級可感才是觀念的主導動機，而必須被尋覓與獵捕的，是「這個曾存在過一次」的啟示與見證，並且由此進入「晦暗國度的整體」。

沃林格（Wilhelm Worringer）曾區分古典式與歌德式兩種不同的心靈，前者再現的是組織性的生命，知性統治著宇宙的整體和諧，後者則總是意圖由組織與秩序中逃離，以千百種不可測的偶然與脫軌來抗拒系統化，並且因混沌與失序的重新引進而展現生機勃勃的創造性

---

11 Barthes, Roland. *La chambre claire*, §10.
12 RT I, 44-45; I, 91.
13 RT I, 44-45; I, 91.

表達。「沃林格使得兩種創造性心靈鮮明地對比起來，其中，古典的創作相信世界與人的合一，兩者間有機與形式地相互模仿，創作是為了再現事物的本質與永恆，在知性與本能之間古典人取得了絕對和諧，世界因對稱的律法而美好。歌德式的創作則完全是另一回事，生命在此被賦予不斷轉向、分歧、碎裂、逆反與形變的無組織潛能，世界因無盡的破碎與分裂而飽含不可測的生機，生命本身即是迷宮，創作則是為了尋覓再次迷途與抹除臉孔的可能。一種是對和諧律法的再現，神靈並不在世界之外而就在我們之中，創作者所需要的只是將其形象化並敘述出來；另一種則將世界誕生在自身的風暴與旋渦裡，而且裂解與越界的極值就構成唯一的『身體』，這是以其滿溢的意外與動態來抹除本質的狂亂表達，獨立於一切組織與形式，並因此展現高張生命的威力。歌德式的心靈不是為了再現預設或既存的知識而生，相反地，它對於動態與多變化的現實表現了神經質的『超級可感』（suprasensible），並以持續震顫與抽搐的『超現實』（surréel）表達了多元異質力量的無窮糾結。〔……〕從此生命成為一種怪異的、高張力與高動態的表達，充滿暈眩，等同於迷宮，朝四方竄生著無窮改道、變向、反慣性與無向量的『歌德線』。這是生命，但不再再現任何律法，無秩序與無組織的生機便是其唯一的表達，『我們一意識到一條線，我們就非自主地在我們自身中重生了它的創造程序』。」[14]就這個意義來說，馬塞爾與龔固爾似乎正代表了這二種不同的心靈，而且各自反映著不同的時間性。

三、超時間的存有

如果書寫只是為了再現現象，而非展現生命的至福，那麼文學只是屬於龔固爾這種現象學家式的書寫！然而並不是人人都有敏銳的感覺，讀者能否感受被如實寫下的歡愉或喜悅不無疑問，而且語言的再現也遠不足以傳遞感覺的真正強度。[15]另一方面，紛至沓來的現象早已使得精神陷入疲乏，《追憶似水年華》的書寫基底始於對現象式書寫的徹底質疑，這個質疑堅持到底的原因在於某些啟示者引發的高張強度顯然不同於瑣碎的日常知覺，一小口馬德蓮蛋糕、幾棵路旁動人的樹木、夕陽下的鐘樓……一切能跨越時間、展現「幾種事物共有的普遍本質」之物，都再次激活精神，也都再次地讓人質疑現象書寫的平庸，以及文學被等同於此所引發的「更加悲淒的力量」。[16]

強烈的感覺（而非智性）是啟動創作的唯一鑰匙，因為只有「享有我生命的整整一個瞬間」才足以喚醒沉睡的精神。[17]而物質性的事物有何表象一點都不重要，重要的是「它們所能召喚來的形象」。[18]這是何以馬德蓮多吃無益，因為它所觸動的強烈感覺並不來自物質

---

14 楊凱麟，《字母會W：沃林格》，台北：春山，二〇二〇，七—八。

15 RT IV, 434-435; VII, 173-174。

16 "une force plus lamentable que jamais", RT IV, 433; VII, 174.

17 RT IV, 446; VII, 187.

性，它所代表的亦不是自身，而是被召喚的形象：童年時的貢布雷。馬塞爾在第七卷後半赴蓋爾芒特公爵家晚宴時一連串的強感覺徹底地喚醒了他的精神，但感覺並不簡單地來自事物表象，而是必須深究其根源，這個窮究（追尋）本身就是文學開始的可能。文學是探索未知領域（感覺）的過程，必須「擺脫外界感知中的不足」，達到「純淨飄逸而無物質累贅」，換言之，虛擬與觀念進場之時，現象退位，而文學時空正由此開啟。[19]

現實是感覺強度的連續體，而非當下知覺的持續性，必須承認表象（當下知覺）與真正現實的絕對差異，創作才可能開始。作品並不是知覺的一對一函數，而是真正現實的表達，這是在精神重新甦活的時刻，使得感受爆棚而感官不再夠用，以書寫的超越練習所捕捉的強度連續體，而文字等同於某種強化的時間。這些強感覺創造了一種超時間的全新官能，給出了事物的本質：

> 在我身上品味這種印象的存有也在昔時某日品味了相同的印象，來自印象所具有的超時間之物，是僅僅藉由現在與過去間的這些同一性而在它能存活的唯一場域出現的存有，它擁有事物的本質，亦即在時間之外。這說明了為什麼在無意間辨識出小馬德蓮的滋味時我便停止了對自身死亡的憂慮，因為此時，我所曾是的存有是超時間的存有，因此不憂慮於未來的興亡。這個存有只在行動之外，在立即的享樂之外，當奇蹟的類比使我**逃脫現在**的時候才來到我面前，才會顯現。只有它有能力使我重獲昔時的日子，大寫

> 失去的時間，而我的記憶和智性的努力始終失敗。[20]

事物的本質在時間之外，但時間的本質是什麼？即是這個擁有「在時間自身之外」的存有。這個外部，事物本質被保存其中，使得其以本質的形象顯現，這不只意味著事物只有在時間之外才有時間所顯現的本質性意義，而且這個意義同時也是時間的意義。作品描述時間，但繁雜的當下現象只是時間造成的效果，並不是時間本身。必須逃脫現在，才可能在時間之外重獲時間，其既是時間的觀念亦同時是一種超時間的存有（être extra-temporel）。因此，重新尋獲的時間已不是尋常時間（不斷逝去的現在），不在時間之中而是在時間之外，而已逝的過去其實存在於未來，因為只有逃脫現在（尋常時間），我們才能真正尋獲由感覺所觸及的事物真正潛能，這便成為作品的關鍵。

《追憶似水年華》本身所展示的就是一種超時間的敘事，所有人事物彷彿都存在於同一個時間平面上，角色的存在並不是線性的，在敘事裡隨時年老亦隨時年輕。斯萬首次出場時與奧黛特已經結婚，但在下一卷裡斯萬卻才認識與愛上奧黛特；馬塞爾一開始是失眠的小

---

18 RT IV, 445; VII, 185.
19 RT IV, 446; VII, 187.
20 RT IV, 449-450; VII, 189.

孩，但幾十頁之後隨即成為已遺忘童年的中年人……。義大利新寫實主義導演費里尼說：「我們都被建構於記憶，我們同時是童年、青年與成熟。」時間脫節，過去現在與未來糾結撞成一團，在這種時間狀態裡，下一秒與這一秒斷裂成兩個部分，現在之前與現在之後不見得能拼合成一整段歷時時間（賀德林說伊底帕斯得知殺父娶母的瞬間，「不再有任何押韻的餘地」）。在時間中只有強度存在，過去不是已逝的現在，未來也不是尚未降臨的現在，現在不再能作為時間的測度原點，因為時間不再自我封閉於以現在定位的整體性中。時間開敞，成為事件發生場域。每一個瞬間都是事件或特異性的分派或散射，每一瞬間都錯亂差異於另一瞬間。時間成為啟示者或特異性的踐履（performance），正如法國哲學家侯榭（Clément Rosset）所指出的：「它悖反於再現的所有可能性，而且以此成功地呈顯如同不可再現現實的踐履。」[21]啟示者尖銳化了關於現實的問題，其總是不斷地雙重化現實以及現實的時間：其中，一個是由尋常點再現的現實，另一個則是不可再現的特異點現實或啟示者現實。這正是作品的時間創造性，其在限定的文字中給出感覺的最大值，並因此使得語言成為一個新的超時間的官能。

時間的通透性，平滑性，多孔性於是成為《追憶似水年華》的怪異敘事結構。書寫之所以能擺脫龔固爾式的平庸與流水帳，正因為敘事突破時間的限制，逃離現在，引進流變。但流變在這裡的確切意義就是超時間的敘事嫁接，以感覺的最大值作為零件的裝配。這是由一個特異時間點（啟示者出現的時間）跳到另一的時空跳蛙，每一個被敘事的時空都是為了再次捕捉強度而誕生，而書寫為了能一再增強感覺，不斷由內增生出文字，反覆地凹摺與攤展敘事本身。

即使小說主角因為形成了時間的觀念而終於找到「投入於這部作品的時刻」，開始要做作品了，重點仍然不在於以理來論理，不在於給出哲學意義下的概念，因為即使必須有觀念才能做作品，文學（或藝術）所生產的並不是觀念，那是哲學家的工作，小說家創造的是情感，伴隨的是感覺強弱消長的獨特邏輯，在此「所有我們知性的努力都枉然」。[22]

四、促使流變之物

時間的感性對偶（doublet）是小說家所提出的真正問題：現在的馬德蓮與過去的貢布雷重新產生了連結，創造出不同於回憶的時間獨特形式，馬德蓮並不是貢布雷的再現，而只是一個見證，一個啟示者，見證並不是被見證之物的複製，而是促成精神的重新甦醒。馬德蓮見證了「這個曾存在過一次」，並因此成為麻木現在的刺點，在這個偶然的時間裂口中，強

---

21 Rosset, Clément. *L'objet singulier*, Paris: Minuit, 1979, 16.

22 RT I, 44; I, 90.

烈的感覺使得主角在非自主狀態下觸及封存許久的純粹過去，並因為這個偶然的時間交疊，顯露了時間的雙重構成。現在與過去並不是同質與接續的時間秩序，真正的創造性首先來自時間的絕對切分，在現在時間之外尋覓時間的潛能，創造出不屬於經驗現在的超時間，對普魯斯特而言，就是純粹過去。

每件事物都實際地「正在發生」同時虛擬地「已經保存」，過去與現在並不是連續的時間序列，而是共存的兩種差異時間性。現在不斷流逝，且一旦逝去便不再存在，但過去卻不流逝，一直持存（insister）與續存（subsister）於現在時間之外（被裝入密封的瓶子「置放在我們不斷變化的歲月上方」）。[23]每一刻都同時產生兩種不同的時間，不只是有不斷走向不存在的現在使時間存在，而且還有自我保存的過去如同超時間持存。現在滋生著無窮多種的變貌與光影，但是與它同時與共存的過去則保存這些變貌與光影的潛能，是使其成為可能的時間虛擬性。普魯斯特的作品在無窮感覺碎片的現在流湧中同時喚醒自我保存的純粹過去，但這並不是現在對過去的回憶，因為這只是由現在所再現與回想的「已逝的現在」，時間仍然是同質的構成，不斷地朝向不存在，一旦逝去便已永遠死去。從現在到過去並不是透過回憶所達成的時間逆行，而是促使現在—過去的雙重構成變得可見。對普魯斯特來說，與啟示者的偶然相遇迫使從現在逃離且連結到純粹過去，並因而在流變中敏銳察覺流變的潛能與促使流變之物。

萬物不止息地在現在中流變，這是現在的定義，但時間並不只有現在，而是在現在的流變中同時切分出促使流變之物，流變的流變者，這是與每一刻變化共存的變化潛能。在每個流變現在中所同時展現的流變能量，正是時間所不可見的虛擬性。每一刻現在都因實現化了潛能而變化與逝去，但對普魯斯特而言，潛能並不因實現為各種現在的變化而耗盡，也不隨著現在的逝去而不再存在，而是被完整保存於時間的密封瓶子（vases clos）裡，成為每一瞬間的時間封包，潛能既實現化為時間中的變化又同時原封不動地存於時間外的瓶子，這便是普魯斯特的時間觀念。在時間中區分出兩種截然不同的時間性質，其中之一是在時間中的變化與易逝的現在，另一是在時間之外使現在變化的潛能。時間將潛能實現化為現在的各種事物狀態但同時也保存了這個潛能，成為純粹過去或純粹記憶。簡言之，每個現在都產生著不同的變化且轉瞬即逝，但是在時間之外也同時保存了這些變化尚未實現化的虛擬性；在時間之中充滿各種流變與事件，現在便是不斷差異化的過程，但時間亦有著完全不同於變化與耗盡的另一部分，潛能在實現化之前便已自我保存於此。變化中的現在不停逝去，但使得變化發生的潛能卻仍然持存於時間之外，成為伴隨每一刻現在且與每一刻現在同時的過去。於是，時間在每一瞬間都逝去也都自我保存，都同時有能量已實現與耗盡的現在，有著各種實際的事物狀態與事件，充滿顏色、氣味、溫度、情感與力量的變化，但同時也虛擬共存著潛能尚未實現的另一現實，這是不曾因為能量耗盡而褪色、消光與暗淡且仍儲存著未來各種

23 RT IV, 448-449; VII, 188.

變化可能的虛擬現實。在這個虛擬現實裡，生命仍飽含潛能，生活仍未被折損與崩潰，小孩仍然還是小孩，顏色與氣味都以最鮮活的力量保存，等待被實現與產生無窮變化。現實既是正在流變與差異的實際現在，同時也是致使每一現在流變的虛擬潛能；現在只是這個潛能的實現化，但潛能也從一開始便已封包於現在之外，成為非現在的純粹過去。書寫者必須尋獲隱匿於「不斷變化的歲月上方」的密封瓶子，這是每一現在出現時同時自我保存的時間封包，完整封印了每一瞬間的鮮活生命且不隨現在的逝去而褪色與死亡。這便是柏格森的「現在的回憶」（souvenir du présent），「在每一瞬間切分為知覺與回憶的，是我們所看、所聽、所感的整體，所有我們所是與所有圍繞我們之物。（……）回憶與它所再生產的知覺同等地（pari passu）前進。這是在實際時刻裡此時刻的回憶。就形式上是過去，就物質上是現在，這是現在的回憶」。[24]每一瞬間都同時是現在與「現在的回憶」，都同時流逝與自我保存，都「正是現在」與「已經過去」。[25]

將過去理解為「曾經在的某事」、「曾經是的現在」或「已逝的現在」都是由經驗所設想的時間，在這種時間概念裡，只有現在「正在存在」，但也不斷走向不存在，因此一切都不會留存下來，過去只是曾經在而現在已經不在、不再在與不再是的現在。相對於這種失去與空洞的經驗時間，普魯斯特的時間在每一瞬間都自我切分，時間不再只是由現在所說明，而是雙生的構成，每一時刻都共存著（不斷逝去的）現在與（自我保存的）過去。在前一種觀點中，現在與過去同一卻不同時，現在逝去後成為過去，時間是現在的連續秩序，然而在第二種時間觀點中，過去差異於現在卻同時產生，而且弔詭的是，真正逝去的並不是過去而是現在，只有現在會逝去，因為每一個現在都已耗盡潛能，然而過去卻不逝去，而且自我保存於現在之外。

如果在時間裡真正存在的只有現在，那麼我們就活在不斷消失與死亡的世界裡，因為現在存在，卻不斷地走向不存在，所有存在於現在之物都轉瞬即逝，化為空無。普魯斯特認為，書寫的重要性正在於展示時間不僅有現在，而且總是切分出自我保存的過去，每一瞬間都同時是現在與過去，前者逝去，後者保存，性質截然不同。被寫下的字詞便是為了證明每一瞬間都既是「正存在的現在」又是「已保存的過去」，文字不僅表達了事物的變化狀態，而且也是狀態的潛能。過去並不只是被現在再現且總是等同於暗淡死滅的回憶，時間也不再只是浪擲在愛情、社交、旅行、疏懶與軟弱的空洞現在，而是可以透過書寫所重新展現生機的重獲的時間（temps retrouvé），亦即具有無窮潛能與虛擬性的時間。箇中關鍵，在於感覺的強度，馬德蓮與椴花茶的滋味在小說中引發了這個強度，激活精神，最終促使了創造性的時間融合。

---

24 Bergson, Henri. "Le souvenir du présent et la fausse reconnaissance", in *L'Énergie spirituelle*, Paris : PUF, 2005, 137.

25 柏格森著名的圓錐圖式中，記憶圓錐與知覺平面是時間的共存模式，記憶圓錐（純粹過去）在每一瞬間再生產出知覺平面（現在），而且這就是時間本身。可參考《物質與記憶》第三章。

五、現在的危機

馬德蓮並不是因為本身的美味引發「強烈歡愉」，而是以其既熟悉又陌生的強度見證了「這個曾存在過一次」。然而，回憶的失敗使得敘事者的心神開始飄浮與懸置，回想不起來的過去卻攜帶著不再能輕易等同於不存在與不重要的感覺強度，反而以「缺席的在場」壓迫著現在，使得敘事者被彈出時間秩序之外，開始追尋這個不存在於現在的非在場時間，亦即：過去在時間之外的真正存有。書名中的「失去的時間」因而有兩種意義，首先指的是因朝向不存在而不斷失去的現在，這是空洞與無意義的時間，一旦失去即意謂死亡，一切事物都隨著現在的不再存在而永遠死去；另一個意義則是必須被重獲的時間，它在現在中缺席，卻能在偶然的相遇中以完整生命的強度與重量喚醒間歇性的精神，迫使其開始尋覓與追逐。[26]

由現在的我所回憶起的時間並不是真正的過去，因為回憶喚起的是由「曾經是的現在」與「相對於使它成為過去的現在」所間接表達的過去，這是智性在每一刻生活中所標注與關心的內容，是已經被篩選與重構的「贗造印象」與自主的心理產物。過去在回憶中總是被智性所弱化與逐漸抹除，以便服務於各種心理機制。因此與真正過去連結的並不是日常的回憶，並不屬於現在的我所能觸及或召喚之物。過去並不同於現在、不屬於現在，也不由現在所主導與再現，因為過去與現在是時間切分出來的不同性質，現在的我與過去的我並不等同，也沒有連續性，而且對於我而言，過去的我已經是「他」，成為他者，是對我陌異、我已遺忘與不再與我有關的過去，我所真正遺忘的不是我之外的任何事物也不是任何我不認識之物而正是我自己，我曾是但已不再是與已經死去的我。正是在時間中我是他者，我既切分為現在的我同時也已經是他者的過去的我，這是我尚未實現為平庸、空洞的現在的我的潛能，我的虛擬性。但這同時也是重新被尋獲而且與過去共時與共存的現實，「我們所曾經是的存有」。在時間的雙生構成中，「現在我」與已經成為他的「過去我」重疊與共存。

對普魯斯特而言，作品的重點不在於我說什麼或我看了什麼，不在於任何現在我的再現或表達，我的自主觀看與我的智性運作在此毫不重要，對於作品的完成也毫無幫助，因為這些觀看與經驗都只是隨生隨滅的短暫現象，都將隨著現在一起走向不存在，成為永遠死去的「失去的時間」（時間的第一義）。龔固爾兄弟日記（九卷）所代表的正是這種對現在的

26「最能喚起我們對一個存有的記憶的，正是我們早已遺忘的事情（因為那是無足輕重的事，我們反而使它保留了它的全部力量）。所以我們記憶最美好的部分乃在我們之外，在飽含雨水的微風中，在房間的霉味裡，或在第一個火苗的氣味中，在我們的知性沒有用途、不屑之物，我們從自身上重獲了過去的最後儲存，最美妙的部分，當我們的淚水似乎已完全枯竭的時候，它仍能叫我們流下熱淚。是在我們之外嗎？說得更好一點，是在我們之中，但是避開了我們自己的凝視，在或長或短的遺忘裡。唯有借助於這種遺忘，我們才能不時重獲我們所曾經是的存有，將我們面對面地置於事物前，如同此存有過去一樣，再度感到痛苦，因為我們不再是我們，而是他，而他還愛著我們現在已經無所謂之物。在慣常記憶的強光照射下，過去的影像漸漸黯然失色、抹滅，什麼也沒有剩下，我們再也找不到它了。」RT II, 4; II, 194-195.

書寫，我的書寫就是現在所發生之事的見證，我以我的全面觀看與紀錄再現我現在的存在，我的存在就是我的書寫，我書寫故我在。然而，創作絲毫不是這種「我思故我在」的笛卡兒問題，不是由先驗主體到物質存在的透明連結，因為笛卡兒的我思（Cogito）與我在停留在同語反覆的換喻（métonymie）與隱喻（métaphore）之中，我思與我在構成一種毫無曲折的直通關連——我思考著我思考，所以我存在——能指在換喻的遊戲中替換成所指，「在思考的東西（cogitans）中，我只能自我建構成思考的客體（cogitatum）〔……〕在我的思想裡我思考我在」。[27]笛卡兒意味著某種科學主義的明證性，一切思想都清楚而分明（clair et distinct），無有黑暗、曲折與變態。然而，思想與存在的關係（或「非關係」）遠比笛卡兒所想像的更曲折與弔詭，僅能誕生在「不在場證明的維度」（dimension d'alibi），由缺席、失敗與無能所標誌。拉岡對笛卡兒我思的暴力翻轉很能代表思與在之間無窮彎曲的晦暗間距：「**我在我不在之處思考，因此在我不思考之處我在**〔……〕在我是我思想的玩具之處，我不在；在我不思考思考之處，我思考我是什麼。」[28]思與非思，我與非我，存在與非存在遠不是黑白分明的明證性，也從來沒有一眼到底的直通路徑。拉岡認為這就是提出潛意識概念的佛洛伊德（Sigmund Freud）所掀起的「哥白尼革命」，而笛卡兒的我思則拒斥進入由佛洛伊德打開的宇宙，一個由潛意識所主宰的晦暗國度。普魯斯特當然不是一個佛洛伊德的信徒，但在時間所能鋪展的問題與觀念上，當拉岡藉由精神分析使得我的存在與我的思想互為他者時，當我在弔詭地與我思展開一切可能的辯證與誘惑遊戲之際，拉岡比他所能想像的更接近普魯斯特的創作論，只是對普魯斯特而言，主宰一切的不是潛意識，也不是語言的結構或本我，而是時間，而且主體「我」的智性與自主性在此絲毫不受到重視，唯一起作用而且成為作品起點的，是非自主回憶，而處在時間空洞形式的「現在我」則陌異於以虛擬潛能持存的「過去我」。正是時間的作用使得我不是我，我不再是我且遺忘了我，我對我的遺忘比回憶更重要，我成為他，因為在時間的切分下，現在我正不斷改變與差異於我，而過去我則持存與續存於遺忘之中。在遺忘中，弔詭地持存了「過去的最後儲存，最美妙的部分」。[29]在「現在我」所不在與遺忘之處有著「過去我」的真實激情與生命，拉岡的「在我不思考思考之處，我思考我是什麼」成為普魯斯特時間雙生構成的直接注腳，也是現在與過去這兩種不同時間性質所構成的最曲折與最驚駭的關係。在我的遺忘中我在，因此在我不回憶回憶之處，我回憶我是什麼，而我是而且只是我對我自己的遺忘。因為做作品，我與非我，思與非思、現在與過去，我在與我思，或反之，我不在與我不思……組成了時間雙生構成最弔詭的辯證關係，這是內建在作品中對時間的直接表達。我是非我因為我思考非思，或，我思考非我故我在我非在之處，我只是我的「非」與「外」，我的外部與越界最終將拓樸內翻為我的

---

27 Lacan, Jacques. "L'instance de la lettre dans l'inconscient", in *Ecrits*, Pairs: Seuil, 1966, 516.
28 Lacan, Jacques. "L'instance de la lettre dans l'inconscient", in *Ecrits*, Pairs: Seuil, 1966, 517-518.
29 RT II, 4; II, 195.

核心，在我的內部有著我的他者，在現在中我必須摺入已成為異者的過去，我的刺點、裂口、小污點、脫軌與彈出成為我的非我，然而我就是非我的我，我不是我，非我就是我，我的遺忘成為我，我在回憶失敗之處重獲我的生機時間，然而這是屬於我們的真正現實，在時間中卻不隨時間流逝的真理。

只有在時間中我思才真正決定我在，這是康德對笛卡兒的修正，然而時間卻是以製造差異來連接思想（作為決定作用的我思）與存在（未決的我在）。使得思想與存在建立關係的因子是時間，未決的我在只有在時間中才能被我的思考決定為已決的存在，用笛卡兒的句法來說，我思決定我在，因為我的思考在時間之中，我只是在時間中的存在。然而，時間的在場「涉及製造差異，且將它內部化於存在與思想中。大寫我從頭到尾就如同貫穿一道裂痕：它被時間的純粹與空洞形式所撕裂。在此形式下，它是被動自我顯現於時間中的相關物。在大寫我之中的斷裂或破裂，在自我之中的被動性，這就是時間之義；被動自我與破裂大寫我的關連性構成先驗的發現或哥白尼革命元素」。存在與思想得以連結的條件在於時間，但時間卻內建著大寫差異，時間就是大寫差異。差異的內部化摧毀了我思的同一性，主體在時間中破裂，僅只維繫一種「幼蟲般」、「總是流產的誕生」的存在，而也正是在此，有德勒茲所強調的「先驗的發現」，亦即差異在思想與存在的內部化。[30]

這個標誌當代思想風格的「我是我不思考之物與我思考我不是之物」亦曾是我們分析傅柯思想的主導動機，「『我思』或『我在』透過一種怪異曲折的辯證獲得，其中之一僅是另一的幽微鏡像，是『所是』經過思考的強勢越界實踐所汲取的『不再所是』，或反之，『所思』被存在的複雜摺曲練習所成就的『不再所思』〔……〕思（思想）與在（存在）構成一組複雜的雙螺旋鏈接，相互倍增且交錯回應。毫無疑問地，『我』在此實踐中同時既是工具又是目的，既是經驗又是先驗」。[31]我既是回憶又是遺忘，既是現在又是過去，既最熟悉也最陌異，既在我之外也在我之中，既正是我的現在也已經是他者的過去……。如果回憶屬於現在，總是由now-here對過去所再現的「贗造印象」，遺忘則是由這七個字母重新斷句的no-where，非此非彼，僅由偶然遇見的啟示者顯現，這是特異性在時間中的游牧分配（distribution nomade），馬德蓮等同於某種生命事件所傳出的符號，而時間則是這兩組詞所逆向重組而成的Erewhon，一個由巴特勒（Samuel Butler）所虛構的烏托邦。[32]

30 楊凱麟，《分裂分析德勒茲》，河南：河南大學出版社，二〇一八，一六—一七。
31 楊凱麟，《分裂分析福柯》，南京：南京大學出版社，二〇一一，九八—九九。
32 Butler, Samuel. *Erewhon*, London : Penguin, 1970.

六、成為一個書寫的人

可以藉由回憶點滴召回的已逝的時間（temps passé）並不是所曾是的過去，而是由現在所再現且不再有變化潛能的「已不在的現在」。普魯斯特的時間觀念捨棄了「現在的書寫」，因為不論是現在的現在或過去的現在，都是已經死去的時間，書寫由感覺強度所觸動，所欲重新尋獲的時間在日常時間之外，因為失去的時間（temps perdu）並不是已逝的時間，事物狀態一旦跟隨現在逝去後便不再存在。真正必須尋獲的，是「同時為過去和現在所共有，比這兩者都更為本質的某個東西」。[33]被書寫之物弔詭地持存在時間之外，既不隨現在逝去，也並非已丟失不在的過去，而是僅在感覺的強度流中觸及的，「一點點在純粹狀態下的時間」。觀念的、虛擬的與純粹的，時間仍然積存著一切變化的可能，沒有逝去亦毫不平庸。只有在此，書寫重現了事物本質，其既非全然屬於過去亦不在現在，而是飽含生機，迫近著仍然流變中的將臨未來。

偶然觸及的強度使得我們在時間之外自我重構為書寫的主體，「逾越時間秩序的一分鐘在我們身上重新創造逾越時間秩序的人，以便感受這一分鐘」，[34]由強度所表達的這一分鐘既跳脫於時間之外同時亦蘊含所有流變的潛能，我們不再只是我們自己，但卻因此創造出「真正的我」，成為一個書寫的人！

由某個啟示者引發的高強度感覺貫穿了過去與現在，使得時間秩序出現破口，由現在的平庸與空洞中脫逃，成為在時間之外重構時間意義的人，這便是普魯斯特所構思的書寫者，他既是我又必須已經是超時間的他者。啟示者＝x，卻使得早已萎頓於世俗生活的精神因「一點點在純粹狀態下的時間」被重新喚醒，離開現在，成為仍允許流變的他者，並且從時間的純粹形式中汲取生命變動的本質。在失去時間的同時自我建構成尋獲純粹時間的人，在時間之中，但既非沉湎過去亦非追逐現在，而是以書寫開啟飽含生機與潛能未來的創作者。書寫，是為了「重新品味事物本質」的時間，亦即，未來的時間。

因為感覺強度的無法理解與無法忽視，書寫者意外闖入了尋常時間的外部，卻因此洞徹了觀念性的時間。普魯斯特對於書寫的啟發在於指出，書寫者必須能夠跳脫時間之外以便自我建構成一個勘破事物表象的人。文字的落成並不屬於日常，而僅發生在使生命重新甦活的「一點點在純粹狀態下的時間」之中。這是離開現在、逾越時間秩序與折返為未來作品的曲折運動。書寫者並不預先存在，而是在時間的反覆曲折之中進行自我建構。

因為有了「一點點在純粹狀態下的時間」，成為一個書寫者。

---

33 RT IV, 450-451; VII, 190.

34 RT IV, 450-451; VII, 191.

第七章

超寫症的作品發生學

一、在結束的結束有開始的開始

小說是關於終點的藝術，緊臨著「結束之前」所發生的幡然領悟，將逆轉與重置「開始之後」的整個世界意義。然而，在結束前領悟的這件事，執掌小說關鍵的創造性契機，弔詭地卻是關於「如何開始」的時間觀念。普魯斯特使得創作成為一種極獨特的時間迴圈：卷帙浩繁的小說其實始終尋覓著一個可以安放「卷終」（fin）的位置，然而宛如天河撩亂鋪天蓋地的敘事，一再由內裡翻摺出來（狂愛與不愛的愛情、喧騰熱鬧的沙龍談話、疲倦的遠方旅行、疾病與他人的死亡……），一次次地推遲著結束的到來。直到一個「開始的時間」的概念從千絲萬縷的生命際遇中破空而出，敘事終於看見了終點，開始準備開始，而小說的結束至此真正結束。一切成壞生滅盡在迴圈之中，然而時間的經脈逆行，開始將臨，卷終！

最終卷所浮現的轉折，並不是「機械神」（Deus ex machina）的驟然降臨，也無有重大變故導致「悲劇的誕生」。在飽含情感騷動的各種人物輪番上場之後，二千餘頁的生命周折、困頓、狂喜與絕望激生了一個「誕生於後」的觀念。然而，觀念後發而先至，威力所及，從最後一頁字字句句逆溯回灌最初，「逝去的時間」在結束前被徹底翻轉，經驗的時間由觀念所取代，在小說主角將開始但尚未落筆的作品中，已逝時間即將被重新尋獲，以純粹的時間形式創生。觀念在時間軸線之末創造了意義的逆轉，小說終於可以安心結束。這並不只是倒轉沙漏以便重述或倒敘（flashback），因為情節即使因重新揭露而無比驚奇或駭人，仍然內在於時間秩序之中，觀念未曾因此更新。對普魯斯特而言，作品所以反覆躊躇無法動筆，正因為使書寫可能的觀念遲遲不來，而無觀念的書寫只是再次驗證逝去時間的永遠死去而已。

在小說裡，馬塞爾始終掛念著尚未開始的寫作事業，但年復一年，開始總是不曾真正降臨。對未來的無比期待，不只想望創作，也渴望還沒到來的愛情、沙龍生活、旅行、戲劇表演……《追憶似水年華》表面上傷感回憶著已逝時間，事實上卻相反，想投入寫作卻有種種因由一再推遲與延宕時日，期待與挫折、熱情與灰心，逐漸積聚成小說的內在情緒，匯聚於一本反覆琢磨但永遠尚未的「將臨作品」。於是，儘管小說篇幅驚人，在形式上卻無比弔詭地苦苦尋覓著作品的開始，即使已寫了二千頁，作品仍然還沒有開始，作品缺席，永遠缺席，讀者最終闖入的只是開始的時間。開始來自於後，總是尚未開始，但書卻已經完結。普魯斯特透過時間問題對作品劇烈摺疊，作品的開始被無窮凹摺於書結束之處，以時間的回憶及追尋之名，他倒退著走入未來的虛擬之境，以纏繞與豐饒的敘事徹底逆亂時間的經脈，成為在時間中超越時間秩序之人。

以驚人的小說篇幅敘述著書寫的困難與疏懶，無法開始寫作與懶得動筆的故事最終敷衍成文學史最著名的大河小說，時間與書寫的弔詭，或者不如說，書寫時間所引發的弔詭構成《追憶似水年華的》雙重核心。然而，關於時間開始的書寫何以難以開始？何以在寫了二千頁仍尚未開始？普魯斯特透過小說既提出了時間的問題，亦是書寫的問題。書寫的時間、開始的時間，時間的開始，關於開始的書寫與關於時間的書寫……交纏揉雜於洋洋灑灑的書中，成為最終收束一切情節的主導動機。

二、寫作開始的大時間

在小說結束之前，曾經想要創作但實際上已經放棄多年的敘事者終於確定了一件事，開啟了從日常生活中逃逸的出口，徹底翻轉整部小說的無能狀態。他說：「是的，對於這部作品，我剛剛形成的這個大寫時間的觀念，意謂這是我投入的時間了。它是大時間（grand temps）。」[1]「因為疏懶、才華不足或種種生活際遇的耽擱與耽溺（社交活動、愛情、疾病與死亡……），敘事者一直無法真正投入寫作，想成為創作者，然而作品始終缺席，而且隨著時間消逝與年華老去，事實上也已經甘於平庸，悲傷地放棄創作的想法。然而，在這個確切指出最後轉折的句子裡，普魯斯特使得他的敘事者與所有讀者都久久停格在形成大寫時間觀念的這個時間點上，時間在此以一種肯定形式被構思出來，不再是為了逝去與浪擲，反而因寫作而能不斷重新創生，苦候不來的作品時間終於啟動。由時間觀念來肯定作品（或反之）的這個重大宣告，普魯斯特以一種拗口的構句寫成，這亦是在書中最後召喚著他曾提及的，

「優美的書都是以奇怪語言寫成」的風格語境：[2]在這個由尼采式肯定的「是」所引領的文句中，寫作命題誕生在重複寫下的時間之間，或者應該說，那是所有作家一生都期盼想望著的，大時間。

在時間觀念形成的時間中，觀念被實現，成為作品的時間，這個觀念的時間構成了一整部時間的作品。觀念、時間與作品三者在《追憶似水年華》最後連鎖構成了無法區分的共存關係，作品的觀念既來自時間的觀念，同時也來自投入作品的時間。作品的投入與觀念的形成不再能分離，因為作品的觀念就是時間的觀念，但也是這個觀念的漫長形構過程。誕生於小說最後的時間觀念使得作品的時間與時間的作品成為同一件事的摺曲與攤平（去摺曲）。觀念被形構出來的時間同時觸及投入作品的時間，在時間未能以觀念的形式出現之前，不存在任何作品，也不可能有任何時間的生成（不管是失去的時間或重獲的時間），因為無觀念的書寫只是現象的再現與紀錄（小說中以龔固爾兄弟的日記為代表），而無觀念的時間則是以日常的歷時性（chronos）為前提不斷流逝，且一旦流逝，鮮活的生命就永遠逝去。小說

1 RT IV, 612-613; VII, 349.

2 「優美的書都是在一種奇怪語言中被寫出來的。」這句話裡的「奇怪語言」（langue étrangère）在法文裡有另一種意思：外國語言。當然，這並不是說外文書才是「優美的書」，而是以獨特風格將母語寫得如同外國語一樣。Proust, Marcel. *Contre Sainte-Beuve précédé de Pastiches et mélanges suivi de Essais et articles*. Paris: Gallimard, Bibliothèque de la Pléiade, 1971, 305.

最後的關鍵轉折使得作品與時間都被提升到觀念的層級，時間的觀念催生了作品誕生的時間，亦使得作品必然是某種時間的作品。在這個大時間確切出現的時刻，既重新誕生（尋獲）時間，亦誕生作品的稀少可能。

普魯斯特以一部大河小說抵達了一種獨特的時間狀態：觀念形成的時間。而且不是任何觀念（比如笛卡兒的我思、康德的先驗或尼采的永恆回歸），而是由特異問題性所誕生的時間觀念。《追憶似水年華》使得小說凹摺成一種特異的存有：在時間觀念形成的時間中，作品將臨。就像索佛克里斯（Sophocle）使得戲劇指向一種獨特的時間，悲劇形成的時間，而且不是任何悲劇，是殺父娶母被揭露的悲劇。在這個被強度所特性化的時刻裡，時間質變、脫軌與不再合拍。對普魯斯特而言，時間觀念的全新誕生等同於作品的開始，雖然《追憶似水年華》結束在這個投入作品的開始時刻，但顯然作品之義從此被賦予一層關於時間的獨特操作，開始與結束被凹摺成屬於作品的存有學意義。在小說結束前的怪異開始，直到小說最後才成形的觀念，使得小說本身等同於一種個體化作用的展開，但這並不（只）是說《追憶似水年華》是一部成長小說，[3] 因為被個體化的並不真的是任何統整的「人」（personne）或角色（personnage），而是觀念，小說是觀念經由這個或那個問題所形構的過程，而且過程本身構成了小說敘事的核心。在這個前提下，小說的角色（即使是第一人稱敘事者「我」）就成為德勒茲與瓜達希意義下的概念性人物（personnage conceptuel）。意思是這些角色比較不是某某人的再現或表現，不是為了朝向既定或想像人格與人性的完善化，因為小說所欲表達的並不只是某個人的生命歷程與經驗，作為藝術作品，小說有更重要的工作必須投入。「偉大的小說家先決地是發明未知或被低估情感的藝術家，而且使它們如同其人物的流變般來到世上。」[4]小說離不開人物的各種遭遇，但僅僅是為了以他們的流變來展現「未知或被低估的情感」。這些情感的星叢（constellation）以強度的各種變化量圍繞小說所思考的問題：時間問題，最終形構了觀念。

觀念在最後幾頁終於形成，小說即刻結束，作品將開始但還未開始，這就是普魯斯特的關鍵時刻：大時間或重獲的時間。正是為了能抵達這個時間形變的時刻，巨量的文字被寫下。普魯斯特使得作品涉及的時間被高度摺曲於小說的碎型（fractal）構成之中。能激起作品的觀念「誕生於後」（après-coup），然而可以視為作品卻還不是作品的小說卻已經積累出巨大的語言量體，這是作品真正降臨的「最終之前」（avant-dernier）。作品持存在「最終之前」與「誕生於後」的兩者之間（entre-deux），作品的「開始後」反時間秩序地摺入於小說的「結束前」，兩者共構了文學的怪異存有：「其後」被摺疊於「先前」之中，開始遠在結束之外同時被凹摺其中。小說因此就是時間的問題化場域，而作品是一種以時間觀念為前

---

3 Bildungsroman 或 roman d'apprentissage，比如歌德的《威廉・麥斯特的學習年代》、狄更斯的《塊肉餘生錄》或毛姆的《人性枷鎖》，這些小說中的主角都經歷了青年、學習與出師的三個漫長人生階段。

4 Deleuze, Gilles & Félix Guattari. *Qu'est-ce que la philosophie*, Paris: Minuit, 1991, 165.

提的存有，必須先有時間觀念的形成，文學作品才能開始動手，但這並不是說必須概念先行，更不是理論優位於創作，而是作品與觀念的不再可以區分，作品是觀念的摺曲，或不如說，小說進行的這個時間摺曲就是觀念。

在宣稱創作時間到來之後，小說並未描寫即將投入的這部作品，反而驟然結束，作品因此仍然缺席，而且永遠缺席。常見的想法是，這部作品其實已經存在，小說本身就是小說最後所要投入的那部作品，結局因此折返回開始，構成完美迴圈。這種想法隱隱閃現著悖論，以及某種不安。讀者正閱讀的小說同時也是小說裡一再暗示卻從未出現的「小說裡的小說」，讀者既是讀小說的人，最後也被小說吞進文學布置（dispositif）中，成為在場卻不可見的小說角色？閱讀從此跨越與冒犯了虛與實、詞與物的分界，如同維拉斯奎茲（Diego Velázquez）以光線布置將觀畫者摺入〈宮娥圖〉之中，普魯斯特也為所有讀者精心安置了一個「國王的位子」，[5]所有閱讀小說的人都與小說人物一併打包於小說的內核。真實讀者與虛構人物因為「內裡一層」的小說而（再次）虛構化，啟動了虛構的鏡淵（mise-en-abyme），在每一次的結局中都如同俄羅斯娃娃般湧現一本更深層的「內小說」，外部不斷被摺入為內部，這種「直到無限的摺曲」構成一種巴洛克形式。[6]普魯斯特不僅使小說書寫等同於文字的巨大量體與紀念碑，而且在真實文字結束前更開啟了惡性虛構的「地獄機器」。所謂作品，既不是以實體出現的《追憶似水年華》，也不是任何「書中書中書……」，而是透過書寫永恆推動的自我到自我的摺曲運動。

三、作品發生學

如果《追憶似水年華》就是自己最後描述的那部未來與將臨的作品，那麼在小說裡出現的每一個字句都像是意圖要「回到未來」的努力，小說著名的第一句話「有好長一段時間，我都早早就躺下」[7]，在閱讀時已經是「未來的過去」，是必須先繞經這部小說結尾才折返的開頭。這一句話以及由這一句話所牽引出來的三千頁文字，都是寫在時間觀念已經形成的未來，因此對時間觀念尚未形成的「現在讀者」而言，法理上還不應該被寫下來也還不存在，僅是一種將臨（à venir）的虛擬現實，作品僅僅是虛擬埋藏於一小顆橡實中的巨大橡樹。在敘事上是過去的內容與回憶，但構成敘事的每一字句卻都是虛擬的「未來－文字」，作品因時間的高度曲扭而持存於當下。

5〈宮娥圖〉為當時的西班牙國王與王后預留了一個特權指派的觀看位子，他們雖未在畫中出現，但兩人的鏡像卻浮現在畫中深處，因此當國王與王后觀畫時，他們會完美地嵌合於畫中由光線布置所精心設計的位置之中。請參考傅柯在《詞與物》第一章的著名評論。

6「巴洛克不指向一種本質，而較是一種操作功能，一種特徵（trait）。它不停地製造摺曲。它不發明事物：有各種來自東方的摺曲、希臘、羅馬、哥德、古典的摺曲……然而它彎曲與再彎曲摺曲，將它們推向無限，摺曲在摺曲上，摺曲根據摺曲。巴洛克的特徵，就是直到無限的摺曲。」Deleuze, Gilles. *Le pli. Leibniz et le baroque*, Paris: Minuit, 1988, 5.

7 RT I, 3; I, 46.

《追憶似水年華》的全部敘事是為了最終形構出能開始寫作的時間觀念，這是將時間重新問題化的書寫，然而其內容卻弔詭地膠著於書寫的無能，不僅馬塞爾因為疏懶與種種遭遇總是無法開始寫作，而且書寫的漫長準備（觀念的形構）並不是意志或智性所能加速與干預。這種無能狀態（創作的無能，馬德蓮滋味的回憶無能、愛情的無能……）導致作品的闕如。然而，無能的總合卻逆轉成作品本身：一方面以優美的文字綿綿不絕地寫出小說的巨大量體，一方面這個文字奇觀卻反覆述說著「書寫的不可能性」。這便是普魯斯特式的超寫症（hypergraphia）。

如果《追憶似水年華》就是它自己最後提出的那部具有時間觀念的作品，那就意味著必須歷經整部小說才誕生的觀念其實早已實現於小說之中。小說人物痛苦地構思寫作需要的觀念，但觀念其實也已經實現於小說敘事之中，小說人物只是從自身歡愉與悲痛中反實現出觀念。小說人物與各種複雜情感是時間觀念的實現，但小說內容也同時進行著由情節所操作的反實現，人事物的不同遭遇激起思考，最終誕生了時間觀念。觀念的實現與反實現成為小說中共存的雙向或雙生運動；在作品的形成中同時組裝著使作品形成的條件，觀念實現的時間也共存著時間的觀念，而這就是作品的發生學。

在時間觀念的實現與反實現中，作品不斷將自身再投擲到創生之前，重置於觀念逐漸形成的事物狀態之中，小說中與各種異質元素的相遇則促使思考，同時也是由現象反實現成觀念，成為作品自我形構的發生學程序。通過愛情或死亡的強度化旅程，小說藉由思考小說起點的漫長過程來尋覓書寫的開始（而非結束），這是在小說結束前的開放性開始，無觀念的時間結束於做作品觀念的闖入，結束與開始從此不再遵循歷時的序列。

作品在「誕生於後」與「最終之前」之間觸及純粹的時間界線，抵達「去作品」（désœuvrement）的狀態，一本書不再停留於一本書而是遠大於一本書。失去的時間在此界線上以全新意義重獲，在我的結束有我的開始，小說在結束前被以另一種意義徹底重置，產生了重讀全書的必要。「最終之前」的觀念重置倍增出小說的虛擬複本，而複本中仍然有無窮的複本正從中生成。普魯斯特使得小說成為超寫症所綻放的巴洛克無限景觀。

四、傅柯的比利時講稿

一九六四年傅柯在比利時談論當代文學趨勢的演講中，有一小段提及普魯斯特，將作品概念從無限循環的想像中解放出來，徹底投放到未來的虛擬空間。作品不只是因斷裂與懸宕而生，而且也為了進一步的斷裂而持存，底下這段話洋溢啟發：

> 人盡皆知，《追憶似水年華》並不是由普魯斯特生活推進到普魯斯特作品的故事，而是由普魯斯特的生活，真實生活、他的社交生活等等的懸宕、中斷、合攏於自身時出

發，而且是在生活再摺曲於自身的情形下，作品才能啟動與打開其自身空間。然而普魯斯特的這種生活，這種真實生活，從未在作品中被述說。而另一方面，他為這作品懸宕他的生活且決定中斷他的社交生活，這作品亦從未被給出，因為普魯斯特述說他將如何準確地抵達此作品，這件應該開始於書中最後一行的作品，但事實上卻從未在其實體本身中被給予。[8]

傅柯區分二種作品狀態，以斷裂而非循環將作品推向更基進的思考。首先，普魯斯特最著名的生命轉折是三十六歲時決然地把自己關在公寓裡，以軟木隔音並封住窗戶，整整十五年間懸宕真實生活，徹夜工作（班雅明說，這是為了更貼近「遺忘的裝飾」，因為夜間才是遺忘開始工作的時刻，而白天屬於記憶）。[9]似乎為了能進入文學空間，必須與實際生活決裂，因為作品不是經驗的簡單轉化、改寫或內容加減，不是事物狀態的回憶與再現，相反的，首先是斷裂與離開。在作品誕生之前，普魯斯特已經戲劇性地先自我作品化。普魯斯特自我裂解：一個是不書寫但生活與社交，另一個則自我封印以便逼近作品；兩個普魯斯特委身於同一具肉身，卻發展著決然不同的存有模式。藉由生命再摺曲於自身所開啟的獨特時空，在密室裡書寫，不再追隨外部，亦非外在經歷的紀錄，書寫啟動於某個生命斷點，決絕地轉向、關門、縱身一跳，以整個生命的重量來迫出書寫最終可抵達的差異最大值。於是作品臨界，如同封印在無窗無門的單子中映射著宇宙的差異看點或聽點。

普魯斯特離開真實生活以便寫出《追憶似水年華》，但作品最終其實還是未被給出，因為整部小說只是為了鋪展作品可以開始的時間觀念，卻不是作品本身。敘事者在小說最後決心開始做作品，小說卻隨即結束，作品因此並未降臨，小說只是這部將臨作品的漫長準備，而小說的結束則使得作品永遠缺席。

普魯斯特斷開真實生活閉門書寫，彷彿只是為了以小說抵達一個新的斷點，然而即使二千頁的書寫亦無法觸及真正的界線，作品仍在界線之外，且在書所猝然中止之後，永遠在他方。《追憶似水年華》夾擠摺疊於這兩個斷點之間，奮力撐持出一個由書寫所可創造的異質空間，由雙倍的斷裂所標誌：普魯斯特斷開世俗生活進入書寫狀態，這是與書寫不可分離的第一個斷裂，為了由生活的平庸再現中離開；然而寫下的只是書，作品卻「開始於書中最後一行」，決然地與書斷裂成完全不同的存有。書結束，但作品還只是將臨，前者是已逝的過去，後者卻只屬於未來。切斷經驗連結與提出差異觀點成為作品存有的必要條件，但作品卻弔詭地以缺席的方式存在。

書寫曝顯了二次斷裂，與真實生活斷裂，因為書不是經驗的再現，而是虛構；與寫出的書斷裂，因為作品誕生於書結束之後，在《追憶似水年華》的最後一頁空白處隱藏與摺疊了

---

8 Foucault, Michel. "Langage et littérature", conférence dactylographiée à Saint-Louis, Belgique, 1964, 23p, 6.

9 Benjamin, Walter. "L'image proustienne", *Œuvres II*, Paris: Folio, 135-155, 2000, 136-137.

另一本應該在而尚未在、應該寫而尚未寫的作品。這個斷裂的斷裂亦同時是虛構中的虛構，作品成為虛構的倍增與加碼。這部雙重虛構（也是雙重斷裂）的作品必須繞經整部《追憶似水年華》才能抵達入口，通關密語長達二千頁，不老實讀完則看不見，念完密碼的獎賞後獲得一部虛構中的虛構作品，而這正是在純粹狀態下的文學經驗。我們觸及的只是作品的前個體化場域（champ pré-individuel），這是作品將臨的特異時刻，但不是作品本身，只是處於作品的門檻，在多重的不可見界線上，作品臨陣但永遠無法觸及，因為被寫下來的，永遠只是做作品的觀念，作品就是鋪展、創造與揭露這個觀念的過程。對《追憶似水年華》而言，這個使得做作品啟動的觀念，是時間的觀念，對於其他作品則可能是其他觀念，比如《尤里西斯》（*Ulysses*）是語言的觀念，《百年孤寂》（*Cien años de soledad*）是現實的觀念或《聖安東尼的誘惑》（*La Tentation de saint Antoine*）是想像的觀念……。

在真實的生活與書寫的生活之間，在寫下的內容與經驗的回憶之間，在出版的書與虛擬的作品之間，橫亙著不可彌合的差異與斷裂。唯一確定的是，書寫迫出這個差異與斷裂，讓我們再次碰觸到界線：經驗的界線、語言的界線、想像的界線、身體的界線，甚至是時間與空間的界線，但作品「從未在其實體本身中被給予」，它只是這個必要的間距，這個不可彌合與無法填滿的空隙，書寫曝顯了這個空無，但作品永遠在他方。

五、作品的基進翻轉與闕如

《追憶似水年華》同時允許了二種直到無限的文學存有。其中之一是敘事的無盡循環，結尾銜接開頭，讀者與小說人物在最後無可避免地都跌入更內裡的小說摺層之中，以全新的時間觀念重頭來過。作品因此並不是以紙本印出的這本或那本書，因為寫出來的書只是為了積聚能使得經驗—先驗對偶（doublet empirico-transcendantal）轉動起來的驅力，真正的作品並不固定在任何實體中，而是以觀念的創造性所推動的無限思想迴圈。經驗（小說人物的遭遇與讀者的閱讀）的積累是為了激起觀念，而每一次閱讀所建立的觀念都是為未來經驗的理解所準備。時間的觀念在時間中不斷更新，小說則不斷往精神的內部深陷凹摺，由書寫所引發的經驗—先驗對偶構成了文學的不可見積體。

如果第一種文學存有推動著先驗—經驗對偶的循環生成，觀念與經驗、字詞與事物、作品與書寫、精神與感覺、將臨的創作與逝去的時間相互嵌合增強，成為當代文學的一種涉及書寫的知識型，塑造了由文學空間所誕生的虛擬主體性，而且不斷藉由重新的閱讀使得形構觀念的問題性被進一步強度化，催生了藉由這個觀念所自我問題化的獨特主體（其既是讀者，也是小說人物，但更是兩者所共生的「內虛構」）。另一種文學存有則來自劃界與斷裂，作品的降臨不斷被字詞所推延與抹消，最終使得斷裂本身似乎就成為作品的虛擬存在。書寫不是為了任何已知之物，反而是為了與之斷裂，被寫下來的書不等於作品，僅僅是作品的「開始之前」。這種對不可觸及之物的不可觸及，甚至是對不可觸及性的弔詭觸及，布朗肖在思考馬拉美（Stéphane Mallarmé）時曾描述其弔詭：

> 作品從不以一種東西或一般性存有的方式存在。要回答我們的問題，必須要說的是，文學不存在，又或者如果它發生過，那就如同是「非任何存在之物的沒有發生」。〔……〕我們知道，字詞有著使事物消失的權力，使它們如同消失者般出現，表象僅只不過是消失的表象，藉由字詞靈魂與生命的侵蝕與磨損運動，在場倒轉為缺席，並從它們熄滅的事實中提取光明、從晦暗中提取明晰。然而，具有從事物缺席的核心「舉起」它們的這種權力，作為這種缺席的主宰，字詞亦擁有讓自己消失其中的權力，從它所實現的一切之中絕妙地使自己缺席，它以自我取消來宣告，以無盡的自毀來永恆地完成，這是自我摧毀行動，在所有方面都相似於奇怪無比的自殺事件，在 *Igitur* 的至高瞬間確切地給予了它所有的真理。[10]

書不是作品，文學不是寫字（即使是寫「優美的文字」），文學書寫必須擺脫毫無創造性的經驗再現，切斷話語跟生活體驗（此時此地的知覺、感情、自主性回憶……）的習慣連結。字詞並不是為了呈現事物表象而被書寫，而且相反地，文學的創造性在於將「字詞使事物消失的權力」催逼到極值，不僅不表達任何「物」，而且抹除「物」，以便決然斷開與再現的任何關連。文學不是樹＝樹＝樹……的無意義重複（我感知到一棵樹，於是我寫我對樹的感知），而是對此重複的反抗，及至徹底虛構，讓一切都重生（重獲）於不及物的語言平面，並因此激發現實的最大潛能。

在思考書寫這「單一行動」（le seul acte d'écrire）時，布朗肖從來不曾輕率地與日常行為劃上等號，因為文學書寫離不開字詞，卻不停留在字詞的層級，既不是為了再現事物狀態，也絕非美文的雕琢。每個人都可以將自己眼睛所見畫下來，但不會天真地認為這是藝術作品，因為不是所有圖畫都等同於繪畫這「單一行動」；同樣地，把自己的想法或感覺寫成文字並不困難，但卻不是以「單一行動」來思考書寫。在文學所要求的本質性行動中，「書寫如同極端情境顯現，假設了一種基進的翻轉」。[11]這不是指情節上的翻轉（暗示A殺了B，凶手最後是C……），而是為了迫出極端情境，在所有面向上對文字的安那其動員（mobilisation anarchique）。而翻轉的極致，布朗肖所謂的「純粹作品的可怖視線」，[12]則使得書寫必然不可迴避地觸及「何謂作品存有？」這個終極問題。

書寫者寫字，但欲求的卻是文學作品，這「單一行動」僅能在一個前提下成立，即書寫

10 Blanchot, Maurice. *L'espace littéraire*, Paris: Gallimard, 1988, 44-45.
11 Blanchot, Maurice. *L'espace littéraire*, Paris: Gallimard, 1988, 37.
12 Blanchot, Maurice. *L'espace littéraire*, Paris: Gallimard, 1988, 43-44.

激起了基進的翻轉，換言之，作品並不等於字的堆疊與加總，字數即使爆量也算不了什麼，因為重點是由字所促動的翻轉威力，而作品所能抵達的極致，布朗肖已提供了一個弔詭的答案，就是作品最終不存在，至少，不是以「一般性存有的方式存在」。這便是書寫成立的極端情境。作品雖然由字詞積累而成，但最極致的寫（因此也是最極致的翻轉）恰好不是為了完成作品，而是使作品缺席，似乎寫愈多的字從來不是為了能擴增作品的量體（擴增的只是書的頁數），而是為了更徹底抹除作品的存在，創造出書寫的極端情境：作品的闕如。字愈多，作品愈被抹除。布朗肖使得書寫陷入一個前後夾擊的弔詭之域：文學作品必須由書寫達成，但書寫所確定完成的卻只是字詞積累而成的書，人人都可能寫書，但作品不是書，而是構成書的字詞所掀起的基進翻轉，其迫使書寫進入自身的極端情境，弔詭地不再是為了完成作品，而是其抹除。文學書寫最後獲得的是一種「去作品」的極限經驗。

作品是字詞的布置，布置並不是單純的安排或規劃，而是各種異質強度的游牧分配，所欲引發的是由字詞極端情境所觸動的基進翻轉。在這個律令下，書寫等於在語言平面上製造一場事件等級的叛變，只有從這個叛變中書才成為作品。但最基進的翻轉與叛變卻弔詭無比，想成為作品的書在「強翻轉」的無限催逼之下，翻轉亦必須自我翻轉，翻轉的再翻轉才是真正的翻轉，因此，在純粹作品中，作品缺席。讓一本書成為作品的終極條件就是字詞之間的「去作品的深度」，一切字詞在此都叛變，意義無不搖晃游移，語言進入它的安那其時刻，而作品，只是自身缺席的產品。

在傅柯的比利時講稿中，普魯斯特的作品不再是由最後一句回返開頭的永恆輪迴，這種周而復始的形式太徒勞與太「薛西佛斯」了。傅柯說，作品「從未被給出」。這句斷言使得《追憶似水年華》由鏡淵的無窮映射中收束至恐怖的空無，在1與0之間，作品是0、空無與不在，這必須以一種布朗肖的方式來理解：作品從未被給出並不等於有一件作品早已存在（存在的只是書），也不是作品只停留在「想像的存在」，而是更徹底地，作品如同是「非任何存在之物的沒有發生」。在二千頁的高強度書寫後，普魯斯特所設立的文字布置不是使得作品誕生，而是相反，讓作品終於既不存在也沒有發生，而書已經完成。在時間的逝去與重獲之間，書寫者的字詞不斷從書頁之間湧入，然而字詞的存在並不是為了能留住事物，也遠不是為了增添更多的自主回憶，相反地，每一個字的寫下全是為了抹除物的實存，也為了遺忘，以便將「在場倒轉為缺席」，抵達書寫所企盼的極端情境與最遠之處，讓文學作品不再是事物在語言平面上的物理學轉印。

正是由爆量的書寫中驟然翻轉成純粹作品的空無，以作品的不存在進行文學的究極思考，《追憶似水年華》的超寫症反身置放於文學所特屬的極端情境之中，在書中最後一瞬「給予了它所有的真理」。

從首尾相連的無限地獄到空無的可怖視線，普魯斯特翻轉與再翻轉著一切，愛情、友誼、旅行與閱讀在小說裡綿密地交織成眾多角色的憂傷與歡樂，但普魯斯特的天才在於使得這些悲喜既可以在時間觀念的自我倍增中直到無窮，但同時也能在最後一刻收束為空無，以

「純粹作品的可怖視線」徹底地持存於「去作品的深度」之中。然而，去作品的文學概念一旦提出，在意識到「何謂文學作品的存有？」這個書寫的終極設問正以無窮的力道壓迫著書寫時，布朗肖毫無遲疑地已向我們揭示了唯一的處境：「作品導引我們前往之點不僅是它在消失的極致中的完成，在此它述說著開始，在排除自身的自由中述說存有——而且也是它絕不能導引我們之點，因為這總已經是從此從來沒有作品之點。」[13]作品存在於其不存在的過程，作品開始之際亦是去作品啟動之時，作品在，因不在而在，因去作品而有作品，作品＝x，而x趨近0（x→0）。

13 Blanchot, Maurice. *L'espace littéraire*, Paris: Gallimard, 1988, 49.

第八章

時間的增維

一、時間政治

作品奠立在一種時間拓樸學中，並不是對過去或現在的描摹與深化，而是相反地，所有能力都被動員以便逃脫現在，創造超時間與在時間外部的時間關係，這便是普魯斯特的作品起點。

曾經存在於時間中的生命，由鮮活的顏色、氣味與愛恨所層層擴散而出的各種現實以及因專注其中而生的痛苦與歡愉並不真的消失，它們被遺忘在時間秩序之外的「密封瓶子」裡。回憶中的過去並不是這些封印的現實，因為在回憶中，過去其實已經永遠死去。現在正走向不存在，過去已永遠死去，未來則只是空洞的想像，然而由某個感覺碎片誘發的強度卻讓現在與過去產生在時間之外的時間重疊，引發小說主角的強烈歡愉，成為「享有我生命的整整一個瞬間」。精神重新被強度化，由這個爆炸性的觸點開始往外擴散，真實的生命重新被灌注進來，小說由這個瞬間逆推出整個鮮活現實。

《追憶似水年華》使得每一時刻都分歧出兩道時間軸線，同時產生的現在與過去如同時間的雙芯構成，事物以倍增的方式存在。其中之一，是正在變化的現在，愛情、旅行、死亡、社交、閱讀……各種事件連番更迭，人與事不斷被新的事件衝擊且因衝擊而改變，由此產生了複雜多樣的愛恨悲喜；另一則是自我保存的過去，已發生的人事並不隨著現在逝去，而是如同被密封瓶子所封包，生機永遠持存。每一事物都在發生的當下就同時是現在與過去，同時正在發生也已經逝去，既已經改變也正在保存。事物以兩種時間面向既被展現也被存封，前者涉及的是注意力與意識所知覺之物，後者則以純粹的物性被保留於時間之外的密封瓶子。如果作品不是經驗時間的再現，正在於使得時間雙芯結構中的非現在部分成為可見。

在時間中真正被淡忘與失去的，是停留在現在的事物，因為現在雖然建構了時間，但也不斷改變與逝去，每一刻的現在都如奧古斯丁所言，不斷「走向不存在」，成為在時間中持續失去的時間。只有當我們不再記得，在回憶潰散與失敗所引發的「現在的危機」中，我們才有可能由現在的時間秩序脫節，背叛時間，與真正的過去建立一種虛擬的關係。而這個過去，純粹過去，並不是由我與我的智性所決定，不是由現在回憶過去的直通通道，而是無人稱與不自主的時間，它「避開了我們自己的凝視」，[1]不再是我們的回憶，而是屬於遺忘，是我們所參與卻不屬於我們的時間部位，是已成為他者但卻持存著生命虛擬潛能的時間。

遺忘就是遺忘某事或某物，客體＝x，遺忘所招來的不幸並不是這個某物，而是某物的「非在場，非缺席」（non-présence, non-absence），介於兩者之間的狀態，既非……也非……不歸屬任何一邊，必須以糾結彆扭的二來定義。這種「介於二」的狀態使得任何物都可以平等與無特權地就坐於因遺忘所產生的空缺與裂縫，不需成為特殊指派之物就能占據這個空

1 RT II, 4; II, 195.

缺，而且因為占據這個空缺成為特異的x，甚至是雙倍的x，由共存的雙重否定所弔詭地指派其不可指定的位置。遺忘使得被遺忘之物不是因為它的原初性質而被追逐，而是揭露了「既非……也非……」的雙重非存有模式，它不再是被記得的任何事物，卻也不再離開，既逃離卻又固執留下，總之，介於二，x的二次方或n次方。某物因被遺忘而重要無比，我們與這個躲藏與未知的某物取得這種共識，因此產生了遺忘所帶來的一切痛苦，它很重要但弔詭地完全不知道它是什麼，因為我忘了卻又不能忘，我終究沒有忘記忘記，我忘了但事實上我沒忘我忘了，我忘了因為我記得我忘了卻不能忘，我完全不記得我忘了什麼但我卻記得我忘了，我記得我的遺忘但我卻忘了我該記得的……。所有的遺忘都固執地咬著記憶，不論被遺忘的內容是什麼，每一次的遺忘首先都使得遺忘本身成為事件，遺忘是空缺與不在造成事件，它是「空事件」與事件缺席的事件，以「無」而非「有」、「不在」而非「在」成為事件，但同時卻又感染、蔓延與毒化一切，「遺忘一個詞，就是與所有言語都遺忘相遇」，「當我們缺失了一個遺忘的字，它也由這個缺失自我意指；我們以遺忘來擁有它而且也將它再肯定於它所類似的這個缺席中以便填滿與遮掩這個位置。在遺忘的字中，我們掌握了它由此發言且將我們擲向現在它瘖啞意義的空間，不可用的、禁止的與總是潛伏的」。[2] 正是由遺忘與缺席的極值中，書寫開始了它的無盡事業。

二、美諾疑難

遺忘並不單純地對立於記憶，兩者也遠非相反的關係，因為記得不意謂沒有忘記，忘了也不代表不記得，記憶與遺忘之間有著無窮交疊、侵吞、取代與意義互換的辯證時刻。所謂記憶，或許是更惡化的遺忘，因為同時發生的無數事物受到忽略與抹除，遺忘則可能更加指向純粹記憶本身，既是事物能被記憶的完整程序，而且使得作品得以擺脫單純的經驗再現，觸及創造性行動的真正起點。日常的遺忘並不是真的遺忘，因為被忘記之物仍留下了指向它的痕跡，我們忘了它是什麼，卻沒有忘記我們忘了。真正的遺忘是遺忘的遺忘，被遺忘之物連對它的遺忘都被徹底地從世界中抹除，真正忘得一乾二淨。思考記憶並不是去拆解記憶的架構或建立記憶的系統（如同心理學般，將記憶分為短期記憶與長期記憶），亦不是去教導刻板的記憶術以便記得更多（照相記憶或聯想），而是基進辯證記憶與遺忘的本質性關連，以兩者的相生相滅重新將記憶問題化，並且試著以此分析作品的創造性。

在《美諾篇》（*Menon*）中，美諾問蘇格拉底：德行能被教導或經由實踐得來？抑或兩者皆非，是人的天性？蘇格拉底的著名答覆是：先別提德行能否教導，因為我連德行是什麼都不知道。美諾於是開始舉例，男人的德行（統治城邦）、女人的德行（治家）、麵包師的

---

2 Blanchot, Maurice. *L'entretien infini*, Paris: Gallimard, 1969, 289.

德行（烘烤麵包），有各種德行的例子，卻無法直接定義德行。於是出現《美諾篇》的第二個問題：如果不知道什麼是德行，我們如何能去尋找？即使找到，如何能知道這就是德行？蘇格拉底說，這是一個疑難，[3]接著他講出了美諾悖論：「人不可能去尋覓他知道的東西，也不可能尋覓他不知道的東西。他不會去尋覓他知道的東西，因為他既然知道，就沒有必要再尋覓；他也不會去尋覓他不知道的東西，因為在這種情況下，他甚至不知道自己該尋覓什麼。」[4]這亦是一個韓愈式（或根據波赫士，卡夫卡式）的疑難：「然則雖有麟，不可知其為麟也。」（〈獲麟解〉）蘇格拉底透過一個倫理學的問題，提出的卻是對於認識論的思考，涉及知識與學習的弔詭：如果已經知道，就不會也不需要學習，但如果不知道，如何知道要學什麼？蘇格拉底接著提出回想說（réminiscence）來解決這個疑難，[5]但同時也使得記憶與遺忘的問題變得益形複雜，記憶不再處於靜態，而是一種特性化的運動，對柏拉圖而言，記憶不會自然回返，遺忘是正常的狀態（剛出生的嬰兒什麼都記不起來），要回想就得「勇敢且不停地尋覓」。所有的遺忘都假設了記憶，但也都遺失了這個記憶，因此必須尋覓，以便能有最終的重獲，由遺忘重返記憶，這便是回想。所有的記憶都需要被回想以便呈現，學習並不是為了獲得全新與未知的事物，因為對永生的靈魂而言沒有未知的事，只是它在肉身為人時遺忘了，因此學習其實是回想，讓靈魂重新記起他本來知道但遺忘之事，而必須被回想的就是存有與本質。[6]

蘇格拉底最後並沒有回答美諾什麼是德行，因為德行並不是知識，美諾既無法給出定義而且也無法被教授，然而正是在進退失據的困局、死路與疑難中，美諾被蘇格拉底迫使必須自己去尋覓與回想。激起回想的關鍵是提問，將事情問題化或再問題化，在柏拉圖《對話錄》裡我們一再讀到這種獨特的問答，這也是《論語》所採用的方法，一問一答。然而《對話錄》跟《論語》不一樣的是，在《對話錄》的問答總是不斷互換與相互侵吞，被問問題的人

3 Aporie（疑難）意味著引起不舒服與困窘的感覺對立，一種讓人焦慮的無法確定，靈魂因此陷入呆滯與驚愕的狀態，但也因「疑難」而失去了對既有認識的盲目信任，感到還有某些事情必須學習，還有某些事物我不認識，想要找到這個東西，而且因為去尋覓而感到愉快，從而激起思想的運動。Robin, Léon. *Platon*, Paris: PUF, 2009, 53.

4 《美諾篇》，§80e。

5 「因為靈魂是不朽的且經歷多次生命，已經在這裡和冥界見過所有事物，所以沒有什麼是它沒學到的。如果關於德行與其他事物，靈魂能回想起來它過去已經知道的，我們也沒有必要感到驚訝。一切都持存在自然，靈魂已經學過這一切，當靈魂回憶起某一知識，即人們所謂的學習，沒有理由說他不能發現其他所有知識，只要他勇敢且不停地尋覓，因為尋覓和學習就是回想。」（八一d）學習就是讓靈魂回想他所遺忘的知識，所謂知識對柏拉圖而言，就是存有與本質；這必須由現象與感覺的世界中離開，上升到觀念界。「回想」假設了靈魂在肉體誕生前便預先存在，接觸觀念世界且對此保留一種模糊的記憶。藉由回想，人便可以重獲這個原初的記憶，認識觀念。換言之，知識不來自感覺，而是來自回想，真理是靈魂自身早就擁有的，只需重新找回來就可以。

6 蘇格拉底講出了可能是關於思考或學習的「年度雞湯文」，超級勵志。他說：「如果事物的真理一直存在於我們的靈魂中，靈魂必定是不朽的，所以當處在無知時，意即處在回想不起事物時，必須有信心地從事尋覓且回想起來。〔……〕我並不確實地肯定所有我的話全是對的，但有一點我會用我所有力氣在話語與行動上支持，就是：如果我們被說服必須尋覓我們不知道之事，而不是去相信我們絕不可能尋覓且不該尋覓我們不知道之事，我們就會變得更好、更勇敢與更不懶惰。」（八六b）

（蘇格拉底）在下一秒便反過來成為問問題的人，想得到答案的人必須同時也變成被提問的人，角色不斷對調互換，答案總是以問題的方式被再度推向話語的邊界，問題（而非答案）持續被激活與轉化，以不斷滋生的問題活體來構成對話，每一個問題的答案都打開了另一個問題，都朝向問題本身的更新與重置。問題被重新打開、敲破與引入新的空氣，而不是以答案來終結問題，思想的運動成為問題的星叢與群聚，問題的唯一答案仍然是一個問題，或者只是為了激活一個新的問題，問題的串流最終成為思想的唯一內容，答案毫不重要，因為真正能持存與維繫思想活體的活動，就是問題的再問題化，以問題的疊套（mise en abyme）而非靜止的答案來構成思想。只有在這種問題的虛擬串流與辯證運動中，靈魂能自己回想起本來就擁有的記憶，得以離開感官的表象世界，重返觀念的本質世界。

在這個意義下，普魯斯特是一個柏拉圖主義者，《追憶似水年華》建立在對回想的獨特問題性上，而且由此發展出一種創作論與時間性。在《追憶似水年華》第一卷中，馬德蓮的滋味喚醒了貢布雷的童年記憶，但是對這個已被遺忘記憶的回想，對於這個因肉體持續處身在各種感覺的紊亂流變中而遺忘的已逝過去，回想並不是自主的，因為貢布雷所代表的不是單純的童年往事，它並不是小時候的某一畫面、某一人的臉或書裡的某一句話，這些都是已經逝去的過去，不再有生命的活力，脫離了層層圍繞著它的鮮活現實。用普魯斯特的話來說，這些過去的畫面雖被記得但實際上卻已經永遠死去。

三、對本質的回想

時間切分為「持續逝去的現在」與「自我保存的過去」，創作因此被賦予了不同意義與價值。簡言之，每一刻都同時且共存（contemporain et coexistance）兩種時間，其中之一是不斷變化的現在，潛能被實現為各種顏色、氣味、溫度並且耗盡，不再有變化的可能。這是何以直接再現事物狀態並不是事物本身，因為這些狀態既無創造性也不再差異化，只是一種失去的時間。然而事物的潛能其實也完好無損地自我保存在失去的時間之外，如同被封包在密封瓶子裡，不隨現在逝去，這便是可以透過作品觸及的重獲的時間。我們活在現在，對過去所曾有的鮮活現實早已不復記憶，回憶只是千篇一律地再現已逝的現在，時間毫無創造性也不再差異化。時間觀念的這種切分讓我們意識到潛能仍然飽滿的過去，馬德蓮中介在這個時間切分上，使得過去與現在重新疊合，喚醒精神投入於本質的回想，失去的時間被重獲的時間所換取，成為啟動作品的啟示物。對柏拉圖而言，學習等同於靈魂的回想，不需教導，而是必須不斷提問，透過辯證構成問題的連鎖運動來迫使思考，使靈魂藉此回返被遺忘的觀念界。普魯斯特則使得回想來自創造性行動，經由書寫、繪畫、音樂或戲劇作品重獲保存在瓶中、仍然生機洋溢的純粹時間。生機在這裡只意謂一件事，就是差異仍然保持差異化的運動，現實的潛能尚未耗盡，虛擬尚未實現化，差異仍以差異的方式在場，這便是作品的創造性條件，「一點點在純粹狀態下的時間」。

即使生活奢華如貴族的沙龍與美食，仍然只是平庸與乏味的失去的時間。作品屬於重獲的時間，這是由啟示者重新喚醒與甦活的純粹過去，它沒有逝去，因為它並不在時間之中，在時間中的是不斷變化的表象，事物的真正潛能在每一刻中都被保存在時間之外的密封瓶子裡，成為純粹過去。能夠理解現在與過去的這個絕對切分，以及能夠理解回想的不自主機制，就是作品的關鍵：

> 我為了描寫威尼斯所花的努力和由我的記憶攝下的所謂快照從來就沒有對我說什麼，而我從前在聖馬可聖洗堂兩塊不平石板上所經受到的感覺卻把威尼斯，以及與這種感覺匯合那一天的所有其他感覺，還給了我。它們停留在自己隊伍裡等待，由一次突如其來的偶然才蠻橫地使它們由被遺忘的一系列日子裡跳脫出來。猶如小馬德蓮的滋味使我回憶起貢布雷。[7]

被遺忘的並不是在生活或旅行中強行記下來的感受或印象，不是在每一刻現在認為很厲害、很驚人或很漂亮的那些事物狀態，在時間的無窮流湧中它們什麼都沒說，因為這些事物表象毫無潛能（虛擬性）。我們會記住各種表面的感受，回憶的也都是這些已經逝去的事物狀態，但回想並不是回憶，必須回想的不是事物狀態，而是事物的存有（être），對柏拉圖而言，這需要提問與辯證，對普魯斯特而言，這要求創造力的展現，必須投入寫作、畫畫或作曲。弗美爾在〈戴爾夫遠眺〉中的黃色不是任何現在時間裡可以感受的黃，而是光線或物質的存有本身，它不隨時間逝去，也不僅只表現在現在時間之中，因為每一刻現在的經驗感受都已不具有存有的創造性威力，差異都已經差異化而不再有潛能，然而，這個不存在於現在時間中的威力與潛能正是作品以各種方式所欲觸及與迫出之物。

普魯斯特的創作論建立在記憶與遺忘的弔詭辯證上：我們所記得的其實是已隨著每一刻現在走向不存在的事物表象，而它們的鮮活本質則已被遺忘，但恰恰因為被遺忘才未在流逝的時間中死去，它們持存在時間之外，不隨時間褪色。至於被記得的，是受到當時欲望所主導之物，我們記住與回憶的仍然是現在，不是完整與飽滿的過去，而是已經逝去且永遠死去的表象。每一刻中總有成千上萬之事被忽略與遺忘，它們被擠出現在時間之外卻又同時是現實不可分離的一部分。想要召回鮮活的現實，只靠著自主回憶是行不通的，即使費盡各種心思想完整記錄生命中的某一時刻也是徒然，刻意模仿更行不通，因為這些事物屬於活體的現實，並不是基於模仿而誕生，模仿物永遠只是對表面的複製，展現了事物僵化的皮毛。只有具備與現實同等創造性的藝術作品才能重新甦活這個活生生的現實。即使每個時代的哲學家與藝術家都覺得自己所處的時代毫無靈光，但仍然都各自開創出新的時代，或者不如說，做作品其實意味著創造出不同於自己現在生活的另一種時間與空間，而不是單純地只是其複本。

7 RT IV, 445-446; VII, 185-186.

記憶不是始終擺在我們眼前的我們生活中紛雜事物的複本（exemplaire en double），而是一種空無（néant），當下的類似有時能使我們從中提取死而復生的回憶；但是仍然有成千上萬的小事物沒有進入這種記憶的虛擬性中，並且永遠對我們保持著不可控制。[8]

「成千上萬的小事物」構成現實的差異多樣性，而且現實總是因為所具有的潛能而使得差異更差異化，也使我成為他者。我們回憶的永遠只是已停止差異化的事物狀態，只是鮮活現實的複本與模仿物，然而真正的現實「永遠對我們保持著不可控制」，「成千上萬的小事物」在分子的層級流變，現實就是流變—分子（devenir-moléculaire）與流變—不可感知（devenir-imperceptible），它們只是正在差異與還在差異的分子雲霧，虛擬與實際、潛能與事物狀態以不可見的方式無窮地交互作用。

馬德蓮或兩塊不平石板的感覺並不是防止遺忘的結繩記事，它們完全不以相似、類比或模仿的再現形式作用於過去（這個很像我以前曾經驗的……這個讓我想起小時候……）。它們不是要讓人想起任何事，而是以感覺強度製造時間的破口，以斷裂與不連續性迫使人從現在離開。換言之，馬德蓮較不是連結到記憶，而是藉由強度的突然闖入造成日常生活的失序、錯亂與脫軌，生產一種疑難、困窘與懸置，因此能迫使做一些另類於現在的事。常態的連結不再可能，慣性的網絡斷線，尋常事物突然非比尋常與流變—他者，任意一個差異化為特異一個，使主角意識到他可能忘了某事，但卻又痛苦地回憶不來。這便是使作品成為可能的啟示者，主要的功能在於使生活斷裂、逃離與倍增，從生活的秩序中抛出，不再依循現在的時間序列，使現在當機與卡關，因此弔詭地尋獲時間的觀念，回想起生命與存有的本質。

從現在逃離並不是一件簡單的事（尤其有那麼多即時的現在裝置：臉書、IG、Twitter……），但更重要的是使得現在再連結或疊合到過去，使現在與過去具有共同性，使我們不再屬於時間的變化，但同時又意識到時間的本質。既超時間與在時間之外，但同時就是時間本身，置身在時間之中。透過做作品，也只有做作品，時間才可能被這樣摺曲，擁有在時間之外的複式操作。作品必然意味著**後設時間**、**虛擬時間**或**擴增時間**，而且弔詭的是，只有經由這個在現在時間之外對時間的摺曲，才顯露時間的真正意義。作品就是它在時間外與超時間的運動，這是過去與現在的不可能疊合（或風格化操作），除了顯露存有的本質之外，也顯露時間本身的存有；只有在時間外的運動才置身於純粹的時間之中，才讓我們見識到「一點點在純粹狀態下的時間」。對普魯斯特而言，事物的本質與時間的本質是同一件事的兩面，因為發展了時間的觀念或時間的獨特觀點之後，事物的獨特觀點便也同時被創造出來，而不管是前者或後者，都必須經由做作品才有可能。這便是《追憶似水年華》的著名結

8 RT III, 653; V, 148.

尾，主角終於決定「該是投入於這部作品的時候了」。[9]

四、做作品與做時間

觀念的創造，特別是時間觀念，是為了做作品的準備。創造性的根源來自時間的重新問題化，打破時間的圍牆與慣性，或者確切地說，在作品中創造嶄新的時間性。這個時間性的創造就是作品的創造性本身，所謂感性分享，即在於分享全新的時間問題或時間概念，一個新的時間情感，差異於經驗時間的感性，因此也差異於由經驗時間所構成的日常生活。在時間之外的超時間與外時間，以創造性的後設時間來問題化時間，以原創的動靜快慢來擴增時間的不同系列，而且最終這就是時間的概念本身。在音樂、繪畫、裝置、偶發藝術或文學，甚至哲學，都各自擁有極不同的表達，而且即使在音樂中，兩個不同的作曲家就有至少兩種不同的時間問題，重獲兩種以上的失去的時間，打開兩種以上的外時間作品，這是魏本（Anton Webern）、荀白克（Arnold Schönberg）、伯格（Alban Berg）或布萊茲（Pierre Boulez）等人在現代音樂所做的嘗試。

在現在與過去之間，在感覺與記憶之間，在生活與作品之間，也在表面的事物狀態與本質之間，普魯斯特加入了第三個元素或條件，使得過去不是來自簡單的自主回憶，記憶不是任由已逝現在的複製所再現，作品也不來自自主記憶登錄的生活內容，不再屬於即生即滅的事物狀態。使得這些轉化與生成變得可能的唯一行動就是投入做作品。對於普魯斯特而言，這意味著逃離現在，但逃離現在的唯一方法就是創造出在時間之外的時間，時間就是做作品所創造之物，做作品就是做時間，也就是做時間的觀念，而且與現在的時間秩序及其再現毫無關係。當德勒茲與瓜達希說藝術創造情感時，他們其實就是說藝術家透過做作品重新創造與賦予了嶄新的時間性與空間性，而僅在這個特異的時空團塊中，在這個以藝術家命名的創造性作品時空中，存在著前所未有與獨一無二的鮮活現實。

現在只是由不斷逝去的現象所填塞，它就是這些易逝的現象，而且這些現象一旦逝去後就永遠死去，輕如鴻毛，短命如蜉蝣。作品並不存在於現在的時間之中，因為作品並不是這些易逝現象的搜集與再現，或者不如說，如果作品僅是現象的再現，那麼作品也將跟隨現象一起逝去不留下任何痕跡。在現在的時間中，時間由不斷變化卻毫無潛能的事物狀態所間接顯現，換言之，時間本身也只以再現的形式出現，意外與偶然層出不窮，卻總是停留在未決與未知的經驗狀態裡。相反地，作品則創造直接顯現時間威力的情感，以差異化的動靜快慢、動態與分子化的影響與被影響能力來重獲時間的原生力量。這並不是以現象的變化來再現時間，也不來自各種奇怪變化的獵奇或誇大（好萊塢的專長），而是使時間本身就是差異

9 RT IV, 612-613; VII, 349.

的差異化力量，重新讓時間成為促使差異的差異者並由潛能與虛擬性所直接述說。時間不是各種現象的更迭與逝去，而是更迭逝去的潛能與虛擬性，是使更迭與逝去繼續更迭與逝去的條件。

變化者繼續變化而不停止，作品的創造性來自這個保證差異的條件，一種為了能保證差異而被重新創造出來的時間。這意味著在作品裡唯一被創造的，是時間。普魯斯特在小說中以強勢的反身運動提出底下這個時間命題，並以此說明了做作品的條件：時間的自我差異創造了使一切差異的時間觀念。時間必須差異於自己，必須自我倍增與擴延，從現在中逃離，以便擁有差異的現實。要做作品，必須先有創造差異的時間，而差異的時間則差異化了在時間中的一切；要使作品差異化其他作品，得先差異化作品所內在其中的時間，時間必須被增維，差異出新的時間維度，以便讓現實差異化。要使得一切差異（差異於即生即滅的現在，差異於尋常與平庸的經驗日常性，簡言之，差異於我所看到、我已知道與我曾想到），首先必須創造差異的時間，時間必須先差異才能使一切差異。所謂差異，首先是時間的差異化，而且因差異的時間而使一切也差異化。必須從現在時間中逃離，在時間中倍增與切分出另一股時間，唯有先將時間差異／差分化（différenc/tiation），一切才會差異化，才有真正差異化的可能，甦活一整個創造性的現實，離開只會消磨、衰弱與減損生命能量的經驗生活。簡言之，必須投入做作品的創造性行動中以便重構與倍增出能直接顯現時間差異／差分化的情感。作品等於被創造的這種時間，或者基進地說，時間就是唯一的創造性作品，它是純粹的空洞形式，也是使我思決定我在的可決者。普魯斯特使得所有的作品都是一種時間的作品，或者反過來說，作品就是作品化與差異化的時間，被創造的時間成為做作品的可決者，因為時間被差異／差分化了（有了嶄新的時間觀念），主角因此不再游移與徘徊於創作的門口，作品也不再是未決的狀態，終於可以投入做作品的行動。如果沒有時間的嶄新創造，我的存在只會不斷朝向不存在，而且從此永遠死去。這就是由普魯斯特這個名字所代表的，只能在超時間與外時間中重獲的現實，這就是作品；我因做作品而創造出獨特與嶄新的情感，逃離現在、在時間之外，故我在；我做作品，創造情感，故我在；或我以我的作品存在，我的存在是一種作品的存在（傅柯的「生命如同一件作品」），同時也是在時間中的情感—存在。在這個我做作品故我在的命題中，存在著普魯斯特對抗笛卡兒，兩種完全不同的我思，與因此有兩種在不同時間中的我在。笛卡兒的我思是一種即時或實時（real time）的現在生物，我的存在與我的思考共存在現在的時間流動中，不需記憶也沒有預感，過去與未來的連續性由神所保證，排除從中搗蛋的萬能魔鬼，不需擔心有被騙的可能，完全活在現在的意識流中並以此構成思考一切的阿基米德點。然而普魯斯特的創造性我思則完全不同於笛卡兒的這種神鬼認證式的劇場，對他而言，我的存在只藉由逃離現在的我思才成為可能。普魯斯特的我思等同於作品中的創造性情感，構成了時間的差異化且進一步由此差異化一切，並因此有我的存在，我是在差異／差分化時間中的存在。換言之，我只是一個在另一維時間中的存在，並因此只是這個時間的產物。藝術家，在這種意義下，是散布在各種差異時間維度中的存在，而且作品就孤零零地標誌這個被增維出來的時間維度。這也可以理解何以德勒茲在談論電影時首先談論了分類學（taxinomie），每一部作品都卡陷在由它所獨自創造出來的時間格中，都為平庸的經驗擴增了差異維度：我創造了差異的時間層，故我在。

我的存在是未決的，普魯斯特與笛卡兒無疑地都同意這點，但再次地，普魯斯特對抗笛卡兒，因為對普魯斯特而言，懷疑（即使是笛卡兒式的一生一次的徹底懷疑一切）並不導向我存在的確定，因為一切都將在時間中逝去，包括我的存在。夏呂斯與斯萬是小說裡兩個最有教養與思考性的人物，但他們都並未能逃開時間的摧折，最後都如同現象般消失且立即被遺忘。普魯斯特就如同康德，在我思的問題中引進時間的概念對抗笛卡兒，我的存在必須在創造性的時間維度中才被決定，而這只有做作品才可能達到。

這個創造性行動等同於被全新構思與重新問題化的時間觀念，這是一種一被創造出來的當下就不在時間之中的時間，作品來自時間的後設與創造性元素，是被保存在時間之外的時間，不隨現在逝去並表達著事物的本質。所謂做作品，就是做時間，創造性來自於時間的無窮摺曲、繞道、碎裂、疊合與脫逃，時間的創造性使作品存在於時間中，但「作品在內的時間」並不是日常意義下的現在時間，而是僅由作品自身創造、僅在作品之內的差異時間（或時間的差異），作品既內在於它創造的特異時間，此特異的時間亦內在於作品之中。作品就是時間，但不是經驗的時間，而是以潛能與虛擬性來表達的時間，一種等同於被創造出來的情感的時間，情感—時間（temps-affect）。必須透過回想以便重獲這個「不在時間中的時間」與「失去的時間」，但回想從來不是單純的回憶，被忘記的也從來不等於某個已逝的現在經歷。這個在時間之外的現實，因無法由現在所逆推與再現而等同於大寫遺忘，如果不投入做作品，不以創造性的行動迫出情感，那麼這個時間便將永遠失去與遺忘。這個唯有由做作品才能觸及的超時間之物，逃脫現在，「**擁有事物的本質，亦即在時間之外**」，但同時卻亦是時間的存有本身，是等同於大寫記憶的時間晶體，不屬於自主的回憶（由智性與邏輯掌管），而且僅僅因偶然相遇了啟示者而被啟動。[10]

作品創造嶄新的情感而提供逃離現在的可能，所謂情感，不管是以斯賓諾莎或以德勒茲與瓜達希的意義，都不是任何固著的事物狀態或靜態的實體，不屬於慣性的時間秩序，不是我很快樂很痛苦很憂鬱很這個或那個，情感不是個東西，而是由作品（或身體）所顯現的流變威力，是潛能的直接展現，而不是潛能實現後的各種事物狀態。藝術家因為做作品而能直

10「而這個〔至福的，félicité〕原因，我用那些最令人愉快的印象進行比較以便猜測，而且在那些印象中具有共同點，我在此刻和某個遙遠時刻同時感受到它們，湯匙敲在盤子的聲響、石板的不平、馬德蓮的滋味，直到使過去疊合到現在，使我猶豫不知道我是置身這兩者的哪一個。確實，在我身上品味這種印象的存有也在昔時某日品味了相同的印象，來自印象所具有的超時間之物，只有藉由現在與過去間的這些同一性而在它能存活的唯一場域出現的存有，它擁有事物的本質，亦即在時間之外。這說明了為什麼在無意間辨識出小馬德蓮的滋味時我便停止了對自身死亡的憂慮，因為此時，我所曾是的存有是超時間的存有，因此不憂慮於未來的興亡。這個存有只在行動之外，在立即的享樂之外，當奇蹟的類比使我逃脫現在的時候才來到我面前，才會顯現。只有它有能力使我重獲昔時的日子，大寫失去的時間，而我的記憶和智性的努力始終失敗。」RT IV, 449-450; VII, 189.

接顯現非自主、無人稱、去主體與解疆域的潛能，這意味著作品並不只是簡單地再現快、慢、動、靜等事物的運動與慣性，而是能直接展現更快、更慢、更強或更弱所夾帶的不可見、不可定位與總是意外的現實虛擬性。總之，作品並不存在於慣性與因果的串連之中，而是透過情感的創造等同於事件，這是由意外與偶然所表達的分子化程序，如同德勒茲在評論培根的繪畫時所指出的，培根的畫裡「意外到處都是，而且線不斷遭遇迫使它改變方向的障礙，而且因這些改變而自我強化」。[11]正是在此，存在著在歷時與現在時間（Chronos）之外的事物本質，這是由完全不同的另類時間性，艾甬時間（Aiôn），所表達的「一點點在純粹狀態下的時間」，由物理與實際的時間中逃離，並因此展現了創造性的威力。

那麼這個深深涉及做作品的邏輯究竟是什麼？《追憶似水年華》第七卷的這一段話可能是整本書裡關於作品與時間最重要的說明：

> 此存有在現在的觀察中日益萎靡，因為感官不能給它帶來本質；在過去的思量中被智性所枯竭，在等待意志建構的未來中，意志從現在與過去的碎片仍舊提取了它們的現實，只保存了它所賦予的合乎功利與狹隘人性目的之物。然而一旦曾經聽過的某個噪音，過去聞到的氣味重新聽到或聞到，既在現在又在過去，現實而不實際，理想而不抽象，事物通常隱蔽和恆久的本質便獲得解放，我們真正的我，有時彷彿久已死亡實際上卻並非如此，在收到為他帶來的絕世養料時便甦醒、活化。逾越時間秩序的一分鐘在我

們身上重新創造逾越時間秩序的人，以便掌握這一分鐘。[12]

逾越、解放、甦醒、活化與重新創造，相對於萎靡、枯竭、功利、狹隘人性與死亡，這是由「一點點在純粹狀態下的時間」所產生的對比，作品意味著這個時間，也切分了前後兩種生命。在普魯斯特的作品裡，我們愈洞徹時間意味著什麼，就愈洞徹創作意味著什麼，也就愈洞徹事物的本質意味著什麼。活化與重新創造並不是以知性去理解或解釋的結果，而且知性只會使生命在歷時時間的因果連結中萎靡與枯竭。

---

11 Deleuze, Gilles. *Francis Bacon. Logique de la sensation*, Paris : Edition de la difference, 1996, 83.

12 RT IV, 450-451; VII, 190-191.

結論

分體，作品的構成

一、開放的整體

我們處在開始之前，在開始之前什麼都還沒有開始，也什麼都還沒有結束。我們不知道是開始總是還沒有開始比較糟糕，還是結束一直無法結束比較淒慘；總之，我們希望最終能有著結束的真正開始。但是，我們既不知道什麼時候會有開始（即使只是結束的開始！），也不知道結束是什麼，甚至不知道會不會有開始；但我們希望結束這個沒有開始的日子，希望開始結束，或結束結束，以便能開始開始。開始是什麼？開始如何開始？開始的開始是什麼（我們總是經驗著沒有真正開始的日常時間：疏懶、平庸與欠缺恆久的毅力。既沒有開始也沒有結束，每個人都在漫長的同質等待之中）？而開始跟等待不同，等待構成連結的時間，開始則是一種時間的決斷點，在這個時刻之前與之後，時間斷裂成兩個不再合拍的差異部位。如果開始開始了，那麼同時也將是結束結束了。這是一個界線時刻，普魯斯特所追尋的正是這個時間的界線，在這個界線上，時間將被全新的意義所重置，時間被重獲，它既是原有的時間，但也因其界線存有而被更新。我們可以說伊底帕斯在終於知道自己殺父娶母的那個大寫時間裡，那是整齣戲強度最強的點，《伊底帕斯》這齣戲可以詩意地凝縮於這個時刻裡，因為在這裡，他作為一個特異的角色開始了。伊底帕斯僅僅因為被時間的這個不再可能合拍所標誌，他由一種真正的開始所啟動，他的時間被切分，他就是這個時間的決絕斷裂，開始與結束的時間斷點，他既不再屬於「之前」也不是「之後」的時間，而是如賀德林說的：「他整個在時刻的內部〔……〕對兩邊〔神與人〕都不忠實。」[1]伊底帕斯永恆地活在這個背叛與不合拍的時間點上，他就是這個時間切分的點，時間改道（détournement），因為異質時間的未來整體已經從此被摺曲進這個空無的間距之中。

馬德蓮蛋糕揭露了這樣的界線時刻，重新激起精神對事物本質的追索，其離不開時間觀念的創造。重點在於，被激起之物（觀念）卻不存在於馬德蓮之中。這是一個非自主的行動，無關任何知性或良善意志，僅僅因為有非思才成為可能。然而馬德蓮作為經驗世界中的力量匯聚點並不是命定的，不是符應某個預設或既成模型才被指定。馬德蓮並不是《水滸傳》開始時封住群魔的楔子，不是因為已經確切指向一個既成體制或命運而被選擇。相反的，茶水與蛋糕的滋味只是生活中無數的感覺碎片，每一碎片都是以偶然為前提的符號，我們存在於符號流之中，無數的微小符號包圍著我們的生活，只是我們永遠不知道與這些符號相遇將產生什麼效果。在時間中，這些微小感覺無法整合成一個整體，或者不如說，整體總是被湧來的感覺碎片所一再瓦解與重構。普魯斯特由此奠立了一種整體與碎片的原創辯證：整體永遠只產生於後，是最終的效果而非作用的模型，因為時間的現實性阻止它被給予。[2]

---

1 Hölderlin, Friedrich. "Remarques sur les traductions de Sophocle", in *Œuvres*, Paris: Gallimard, La Pléiade, 1967, 958.

2 這是柏格森著名的「時間是阻止整體在一瞬間被給予者」。Bergson, Henri. "Le possible et le réel", in *La pensée et le mouvant*, Paris: PUF, 1985, 102.

這些感覺碎片指向一個流變中的虛擬性，這是一個具時間性的動態整體，它由無法整合的諸異質碎片所決定。偶然遇上的感覺碎片之所成為特異的，正因為被納入且改變了正在創造中的虛擬整體，每加入一塊新的碎片，必然致使這個虛擬整體的性質產生變動，因為虛擬整體來自異質碎片的內在共振，而在時間中這個整體是開放的，新碎片的加入必將重置這個整體的虛擬性。

經由巧妙辯證，**開放的整體**與**偶然的碎片**產生了作品的虛擬性。小說裡的童年小鎮貢布雷並不是為了展現城鎮的普同性或一般性，反而是由無數個差異與偶然的感覺碎片所創造，這是由特異性所表達的文學造鎮。主角回憶裡的貢布雷因此不是拼圖（puzzle），因為它最後並不再現一幅早已存在的圖像，也不尋覓某個預存的失落環節。相對於拼圖，貢布雷是一件百納布（patchwork），它的圖像只是偶然連結的結果，每一塊縫補其上的顏色碎片最後卻都將是特異的，決定著這塊百納布的現實。貢布雷的虛擬性來自一種非經驗、非現在、非再現、非實際、非抽象、非普同、非知性的偶然與差異，但偶然與差異的感覺之流最終建構了具有觀念性的獨特時空。

這樣的時空既是觀念在小說敘事中的實現化，小說人物的行動同時也對這個觀念反實現。

小說人物偶然相遇的各種事件形構了用以思考（或「迫使思考」）的強度布置，鋪展成由這些人物所代表的問題性場域（比如，斯萬的愛情問題，或埃爾斯蒂爾的繪畫問題），這是各種異質或悖反強度所共構的內在性平面，也是由複數特異性所表達的裝置（agencement）。人物在此與各種力量和強度遭逢，並因此被迫變化，並不是任何「人」所可以解釋或含括，即使它似乎總是需要附身於某個人之中，必須經由某一角色的肉身與話語來表現，但小說人物確切是非人的，因為這些特異性並不以和諧或一致為前提來組成，強度是偶然與非思的，在感覺中產生的感覺催生了全新的官能，而且總是重新使得人的既有概念受到動搖。在強度之前，斯萬成為一個關於愛情的概念性人物：「人僅只指出某個〔被動〕我（moi）的不確定位置，然而概念性人物則重新聚集了強度時刻、力量特徵，所有形構身體的特異性。面對貧血的人，概念性人物有一種堅實性（consistance）。它描繪與占領一個堅實性平面。概念性人物由不居住於人之中的特異性所組成，而且在人之外自我推進，流浪、游牧。比如，笑，傅柯的笑。並不是他的人，而是他的人物。」法國哲學家謝黑（René Schérer）這麼說。[3]這樣的概念性人物不居住於任何我之中，意思是概念性人物並不是一種假設了主體或自我一致性的存在，因為他回應（與回應無能）的是強度以及強度出現的時空，是由特異性（而非普遍性或一般性）所定義。這是由藝術（或哲學）作品所構成的問題性場域，這個問題性可以是關於時間、正義、存有、勇氣、愛情、繪畫或任何事物。一個概念性人物的構成取決於複數與異質強度的游牧布置，游牧意味著偶然與被動，而且是由此所展開的不自主高強度運動，既是動靜快慢的變化量展現，而且是此差異量的持續增長。游牧這個概念來

3 Schérer, René. *Regards sur Deleuze*, Paris: Kimé, 1998, 25.

自湯恩比所說的：「游牧者就是不移動的人，他們成為游牧者因為他們拒絕離開。」[4]作為一種不自主與被迫的運動，游牧的問題首先由弔詭的強度所說明，游牧並不是緣於愛好遷移或馳騁，恰恰相反，游牧首先來自對離開原地的抗拒，它並不如表面的想像所定義，而是由不動與抗拒的高張意志所表達。這是與各種偶然相遇所激起的強度增減，這些異質的強度量共存在一個由內在性所定義的平面上，而且因為所面對的問題性而成為某一觀念的風格化表達，展現了不可共量的獨特情感與覺知，而小說中的時空則是這個觀念的實現化，存在於此的人物將這個時空中的強度反實現化為觀念。[5]這些僅因為作品的創造而成為可見的情感與覺知，反映了由每一件藝術作品才成為可能的時空，而其中的人物就是這個時空的肉身化。請注意，並不是人存在於一個既定的世界，而是反之，因為情感與覺知共存於一個內在性平面，形構了問題性的強度，最終建構了一個差異化的時空，人物只是這個時空中特異性的聚合。如果用傅柯的話來說，在這個時空中「人物構成了知覺的律法」，[6]因為這些人物並不是服膺於普同知覺下的同一性主體，小說並不是為了再現置身於知覺或感覺一般性中的人，而是被生活中特異符號所觸動且因此被迫在既有感知裡產生新的感知的存有。這種被觸動、激起的人物，普魯斯特稱之為「內在的小人物」（petit personnage intérieur），其中一種是哲學家式的，「他在兩件作品、兩種感覺間發現共同的部位」就無比快樂，[7]這同時也意味著，一旦沒有感覺的共同部位，內在小人物就處在休眠與退隱的狀態。哲學家作為普魯斯特小說的一個概念性人物，誕生在兩種感覺間所增生而出的共存平面，這是被創造出來的全新感知，一種在感知中誕生的感知，或者是從感知中流變的感知，而且橫跨了不同的時空，最終激起了屬於藝術作品的時間觀念，擴增了世界的差異維度。

藝術涉及情感的創造，即使作品裡存在著你、我或他等人稱，必須被創造出來的不是人，而是由既有感覺中產生嶄新與差異的感覺。這意味著在哲學或藝術的領域裡，我們不再以預設或想像的主體來認識世界，而是相反地，只能透過時空的重新問題化來獲得全新與不同的知覺律法；不再是先有人與人的知覺以便認識世界，而是在強度時刻與力量特徵的布置下，產生了由全新知覺律法所定義的概念性人物。這是一種涉及強度與力量、情感與流變的布置，創造性等同於在這個布置中對既有知覺的問題化或強度化（就是覺知），與對既有感覺的問題化（就是由動靜快慢的變化量所說明的情感）。唯有從知覺中問題化地創造新的覺知，從感覺中問題化地創造新的感覺，作品的時空才降臨，而人物才被激活，而且以一種無影像的思想展開。

---

4 “Les nomades, ce sont ceux qui ne bougent pas, ils deviennent nomades parce qu’ils refusent de s’en aller.”, Deleuze, Gilles. *Pourparlers*, Paris: Minuit, 1990, 188.

5「流變與事件相稱，除此之外哲學沒有其他目的，而反實現事件的，正是概念性人物。」Deleuze, Gilles & Félix Guattari. *Qu’est-ce que la philosophie*, Paris: Minuit, 1991, 151.

6 Foucault, Michel. “Le philosophe masqué”, in *Dits et écrits*, vol. IV, Paris: Gallimard, 1994, 104.

7 RT III, 522; V, 9.

不同的作品意味著不同特異性的游牧分配，比如對《追憶似水年華》而言，馬德蓮、兩塊不平的鋪路石、教堂鐘聲……是作品中的感覺碎片，它們在小說所限定條件中相遇，原本並沒有特殊的性質，馬德蓮只是再尋常不過的小蛋糕，但因為小說所創造的問題性使得它由任意一個的存有狀態成為特異的。這並不是說馬德蓮從此擁有一種普遍的特殊性，它仍然是一種法國日常可見的蛋糕，但是在小說的問題化之後，成為一個「概念性物件」，它的特異性只由這個被特性化的問題所定義與給予，並因為這個問題性而連結到小說最終形構的時間觀念，成為構成普魯斯特時間觀念所不可或缺的組成物，這個時間觀念最終啟動了做作品的時刻。馬德蓮的特異性離不開使它成為特異的問題性，這是由至福、不自主回憶與逝去時間的相遇所問題化的時空元素，一個在小說中因個人私密經驗的聚焦而翻轉原本意義的生命事件，並且經由它們相互之間的影響與被影響創造了一個只屬於作品的時空連續體（continuum），這些因相遇而相互影響，而且因為影響而改變的特異性在作品中表達了一種因它們而存在的內在共振，不由外部或既有的律法所預先決定，而且相遇並不意謂位置的相近，不是因為距離的接近而在作品中並置，相反地，作品的創造力來自一種「不可能的鄰近性」，它是諸特異性之間的矛盾、衝突、相互悖反或抵消等力量作用的總合，而且不可能增減任一元素而不改變力量作用的性質。內在共振由構成共振的每一特異性所共同貢獻，並因特異性的增減消長而產生持續改變，這樣的流變整體不由外部的律法所說明，而是定義了一個內在性平面；共振是內在的，因為它僅由參與共振的特異性所共同決定。由作品所表達的特異性游牧分配創造了一個屬於自身的內在性平面，這些不可化約與永恆衝突的力量更新了知覺的律法，作品的時空由此被重新定義，而感覺則僅誕生在被特異性再問題化的感覺之中。在這個由特異性的游牧分配所定義的時空中持存的人物，因為各種事件被懸置了既有的生命，由慣性中脫軌，被迫開始思考這些非思，並因而使得事件被反實現成為觀念。

二、文學分體

小說裡遭遇的各種情感雖然都具有偶然性（偶然與馬德蓮相遇，偶然與阿爾貝蒂娜相遇，偶然與貝戈特相遇……），但最後卻成為時間觀念能被形構所不可缺少的組成物。任意一個所具有的偶然因為被小說敘事所問題化，以其具有的強度轉變為特異性，生命中失去與浪費的經驗時間則聚合成時間觀念的前個體化狀態。整部小說是一個以複數特異性的虛擬串流映射著大寫文學的分體（Dividuel），而《追憶似水年華》這個文學分體則奠立在時間觀念的問題化場域之中。

分體是一群特異性的動態集合，在《運動—影像》（*L'image-mouvement*）中，德勒茲指出：「被表達者是複雜的，這就是情感，因為它時而由它所聚合時而由它在其中裂解的所有類型特異性所複合，這是何以它隨著它所操作的聚合或它所承受的裂解不停地變動與改變性質。這就是大寫分體，不可能增減而不改變性質之物。」[8]分體所思考的問題在於性質的持續變化，它的組成物因與不同強度相遇而消長增減，這意謂分體所擁有的性質並不是預設與不變的，它無法被固定的特性所定義，它的組成物（謝黑所指出的強度時刻、力量特徵，所有形構身體的特異性）隨時間而改變，因為這是跟不同強度相遇所產生的游牧分配。分體總是處於變化的中域（milieu），是一個正在流變之物，它由偶然與相遇所決定，時間也因為這個流變而等同於差異的純粹增生。

電影作品必須以它所被賦予的影音蒙太奇來整體思考，它就是切分與接合影音材料的複雜運動，這意味著電影總是以分體的存有模式誕生，蒙太奇的特性使得每一部電影的整體都「既非可切分亦非不可切分」。以違反排中律的兩者皆非作為分體的表達，「既非……亦非……」並不因此陷入語義的矛盾而無意義，因為一件作品一旦被切分，性質就已經改變，不再是原來的作品，表達了另一種情感，因此作品亦可以說是不可切分，因為一旦切分就改變了性質，也就不再是跟原來相同之物。[9]電影是由影音特異性組成的流變虛擬串連，以分體來思考電影意味著它並不停留在影音內容的表面再現，這些影音特異性透過蒙太奇不斷地在時間中聚合或裂解以更新其性質，這是何以運動—影像或時間—影像並不單純地只是已實現化的事物狀態，更多或更少的剪接增刪都改動著影像中所欲展現的情感威力，電影作品正是在不斷切分接合的蒙太奇中產生的差異影像。

如果將文學作品也視為一個分體，意味著它在時間中持續流變，而且有別於在敘事中的各種事物狀態，因為事物狀態不流變，它是潛能已實現化的各種事件。文學作品並不是事物狀態的表面再現，而是透過特異性的聚合或裂解表達著持續更新的各種潛能，這就是被創造情感的虛擬性。如果以分體這個概念重新問題化《追憶似水年華》，那麼這個問題可以這麼表述：《追憶似水年華》在最後形構出一個時間觀念，但這個在小說最後形構出來的時間觀念同時也是以分體的狀態持存，時間觀念成為小說中「既非可切分亦非不可切分」的一個關

---

8 Deleuze, Gilles. *L'image-mouvement*, Paris: Minuit, 1983, 149。德勒茲還有另一個與流變有關的重要概念是「單體」（heccéité）。平常我們所見的狗都是巨觀與莫耳的，當我們描述狗的狀態時總是假設有一個狗的實體或本質，狗的存有不會改變，改變的是它的表面屬性。相較於這樣的實體，單體並不假設事物有穩固不變的存有，因為它指的是「個體化作用的模式」。日常生活中有許多事物早已使用單體來描述，比如氣象報告中對颱風的描述：正在往西移動、正在增強、再增強、減弱並朝西前進……。颱風不是一個固定不變的實體，而是一種正在影響與被影響中的強度與存在力，它的動靜快慢正以分子層級（空氣、水、沙分子）的精細方式快速改變著。德勒茲與瓜達希所提議的正是這種語言與觀看世界的方式：以描述颱風的語言來述說一隻狗，在電影或小說作品上指出強度與動靜快慢的關係……。只描述強度與威力的增減，首先是哪裡有強度與威力？正在怎樣增減與動員？怎麼影響被它觸及的事物？換言之，它怎麼變？什麼是它流變的運動？描述單體就等於描述它的流變行動，而不把事物視為一個實體與固定的「東西」。單體是「將個體化作用理解為存有的流變」，就是以流變（強度與威力的增減）來說明存有，使用「描述事件的語言」，像氣象台說明颱風那樣。

9 Deleuze, Gilles. *L'image-mouvement*, Paris: Minuit, 1983, 26-27。對於「可切分、不可切分」的分體問題，許鈞宜曾以影像的間際性與表現物質提出有趣分析，《影像的無中心運動：電影複體性的表現及問題》，國立臺北藝術大學藝術跨域所碩士論文，二〇一八年一月。

鍵性質。這並不是說時間觀念不具有穩定性，相反地，在小說中它由諸特異性所共同決定，這些特異性以及它們的布置在小說完成前並不具有特殊性，普魯斯特卻使得它們以一種確切但沒有特權指派的方式構成一個指向時間觀念的文學分體。形構時間觀念的組成物聚散分合（普魯斯特的手稿正是一個文學分體的紙上景觀！），但最終形構了《追憶似水年華》這件作品，而且催生了與之不可分離的時間觀念。欲瞭解這個觀念，必須由構成它的特異性著手，因為它就是（而且只是）它們的內在共振。普魯斯特的時間觀念以及由此說明的作品問題僅存在於小說中各種特異性（馬德蓮、阿爾貝蒂娜、貝戈特……）相互構成的力量場域之中，這是一個純粹的內在性平面。《追憶似水年華》並不只是小說敘事裡那些日常活動，不只是一場又一場的社交聚會與宴飲，而是由這些事物狀態的強度所共振的內在性平面，而且被敘述的故事（事件）也因為與其他事件共同迴響著時間觀念，被賦予了虛擬的威力，表達了創造性的獨特情感。

小說作為文學分體，除了意謂它由不同特異性的聚散分合所創造，「不可能增減而不改變性質」，而且也指向由諸特異性（諸事件）的內在共振所表達的內在性平面，這是與作品不可分離的虛擬性。以馬德蓮為例，它是尋常的小蛋糕，但也不只是蛋糕，而是在特定的問題性中通往不自主記憶與存封過去的特異性，它連結了小說裡由其他特異性所共振的內在性平面，這個平面定義了普魯斯特的時間觀念與作品問題，而且其離不開這些特異性的強度布置與游牧分配。因此，想理解普魯斯特的作品—時間，只能由這些特異性的共存平面著手才可能。

分體涉及流變的問題，或者應該說，分體必須透過流變來表達，它在時間中實現化，成為特異性聚散分合的游牧分配。如果《追憶似水年華》是一個文學分體，是因為它表達了特異性在時間中的聚散分合，而且有一個概念性人物（敘事者）將這個游牧分配反實現為時間觀念。它既是時間的產品，隨著時間變動而不停地變化，但時間的觀念也隨著此變化而逐漸形構，而且具有觀念所必要的虛擬性；《追憶似水年華》是以特異性的游牧分配來表達時間性的文學分體，有普魯斯特藉由特性化的時空條件所創造的情感（包括對馬德蓮蛋糕、威尼斯旅行等），同時也是由特異性反實現為時間觀念的思想程序，這是由概念性人物「我」所操作的概念創造，在這個程序最終完成時，也啟動了作品的開始。《追憶似水年華》明確地成為潛能實現化的過程，這是由特異性的實際聚散所表達的分體，但它們不僅僅是小說中事物狀態與人物情節的純粹再現與故事的同質積累，而是透過概念性人物將這些特異性的游牧分配反實現化為觀念的虛擬性。不論是特異性藉此展開游牧分配，或者概念性人物將此分配反實現為觀念，時間作為一個創作的問題都是關鍵。李歐塔說：「普魯斯特從巴爾札克（Honoré de Balzac）或福樓拜所繼承來的文學建制（institution littéraire）被明確顛覆了，因為主角並不是一個人物，而是時間的內在意識；而已被福樓拜所敗壞的敘事歷時性（diachronie de la diégèse），再度由被選擇的敘事聲音所重新質疑。」[10]《追憶似水年華》的故事主角其實是時間，書名的直譯是「尋找遺失的時間」，而全書結束於第七卷「重新找到的時間」，無疑地都已直接點明小說的主角就是時間，更正確地說，是時間觀念的實現化與反實現化，而如同李歐塔所指出的，這個時間觀念（他以現象學的觀點稱為「內在時間意識」）正是由敘事歷時性的再次質疑、顛覆與悖反所基進開展。

小說裡用來給予觀念的這些特異性，在不同敘事中表達了獨特的情感與時間的性質，共同構成了相互緊張、甚至悖反的布置，最終給出了時間觀念，而它一旦形成，我們就不可能增減其組成物而不改變其性質，因為這個時間觀念並不來自任何預設的移印（décalquer），亦不是任何教條化思想影像的再現，時間觀念並不是經驗時間或日常時間的簡單歸納或說明，而是來自複數任意一個的內在共振，但任意一個在能產生內在共振之前已經被問題性地轉化為特異性，成為強度時刻與力量特徵，或者應該說，它已經因為與其他任意一個的內在共振（「兩件作品、兩種感覺間發現共同的部位」）轉化為特異性，並且共同形構成文學分體。

三、作品的「卷終」與「卷終不能」

《追憶似水年華》的問題在於思考開始的存有，或者反之，透過開始的缺席逆轉成真正的開始（創作的開始、愛情的開始、旅行的開始，甚至是死亡的開始）。這兩者有差異嗎？

怎麼由「沒有結束」到「有開始」？或者從「沒有開始」到終於「有結束」，以便能開始開始？

因為有著對於開始的苦苦尋覓與糾結，《追憶似水年華》書稿最後的「完」（fin）意味深遠。普魯斯特早在十多年前便已寫出小說的結尾，死前數月亦曾興高采烈地告訴忠心耿耿的僕人：「我總算在我的書裡放上『完』這個字了。」[11]然而，不僅開始從來艱難，結束亦遠遠不易，除非一死。正是在無盡的拖延中，在開始與結束的不可能間隙裡，作品逐漸繁衍成形，溢出的紙捲從四面八方貼進手稿，字句一段又一段地塞入文本，只要一息尚存，作品就持續滋長壯大。結局已成，卻不斷從內部進化出新的細節與無法割捨的情感，至死方休。「他的作品既可說已完成，也可說未完成，永遠正在書寫中。這是一部不可能完成的作品，一部會增生繁衍之作。」[12]這是普魯斯特對於文學分體最強悍的實踐，文學除了投身於自身

---

10 Lyotard, Jean-François. "Reponse à la question: qu'est-ce que le postmoderne?", in *Critique*, n°419, avril 1982, 357-367, 366.

11 關於這段著名的軼事，可參考普魯斯特僕人賽勒斯特（Céleste Albaret）的回憶：https://youtu.be/s60bNcVr4IE，四十一分四十秒開始。但亦有研究者認為賽勒斯特這段回憶不實，因為早在一九一九年前後普魯斯特便寫信給幾位朋友，宣稱作品的最後部分已經完成，可參考 Mabin, Dominique. *Dans Le Sommeil de Marcel Proust*, Paris: PUF, 1992，特別是本書的結論。無論如何，小說的結尾或許早已決定，但只要作者活著，作品卻永無完結的一日，因為普魯斯特持續大幅地擴增他的文稿，直到死亡，書寫不會停止。

12 Raczymow, Henri. *Notre cher Marcel est mort ce soir*, Paris: Denoel, 2013。中譯參考《親愛的馬塞爾今晚離開我們了》，陳太乙譯，台北：大塊，二〇一八，一〇。

的流變外什麼都不是，書寫就是為了能重新開始所面向的未知之境。正是對強度的無比敏感與對界線的勇敢觸碰，在作品的形成中同時組裝著作品成形的條件，使觀念實現的時間與時間的觀念共同成為作品滋長的芽，在有完與沒完的作品生機論中，只有死亡的降臨一切才可能戢止，而在最後的時刻到來之前，活著，並且繼續書寫。

參考書目

許鈞宜，《影像的無中心運動：電影複體性的表現及問題》，國立臺北藝術大學藝術跨域所碩士論文，二〇一八年一月。

許綺玲，〈「我看到的這雙眼睛…」：《明室》裡的那張小王子相片〉，《新潮藝術》第四期，一九九九年一月。

黃建宏，《蒙太奇的微笑》。台北：典藏，二〇一三。

吳承恩，《西遊記校注》。徐少知校，朱彤、周中明注。台北：里仁，一九九六。

楊凱麟，《分裂分析福柯》。南京：南京大學出版社，二〇一一。

楊凱麟，《虛構集》。台北：聯經，二〇一七。

楊凱麟，《分裂分析德勒茲》。河南：河南大學出版社，二〇一八。

楊凱麟，《字母會W：沃林格》。台北：春山，二〇二〇。

Artaud, Antonin. “Le théâtre et son double”, *Œuvres complètes iv*, Paris: Gallimard, 11-171, 1964.

Artaud, Antonin. “A Paule Thévenin, mardi 24 février 1948”, *Œuvres complètes xiii*, Paris: Gallimard, 1974.

Augustin d'Hippone, *Confessions*, Paris: Gallimard, 1993.

Baudelaire, Charles. *Le Peintre de la vie moderne*, Paris: Fayard, 2010.

Badiou, Alain, *Annuaire philosophique 1988-1989*.

Badiou, Alain, "De la vie comme nom de l'Etre", in *Rue Descartes*, No. 20, Mai 1998, 27-34.

Barthes, Roland. *La chamber claire*, Paris: Seuil, 1980.

Beckett, Samuel. *Proust*, New York: Grove, 1931.

Benjamin, Walter. "L'image proustienne", *Œuvres II*, Paris: Folio, 2000, 135-155.

Bergson, Henri. "Le possible et le réel", in *La pensée et le mouvant*, Paris: PUF, 1985.

Bergson, Henri. *Matière et mémoire*, Paris: PUF, 1993.

Bergson, Henri. "Le souvenir du présent et la fausse reconnaissance", in *L'Énergie spirituelle*, Paris: PUF, 2005.

Blanchot, Maurice. *L'entretien infini*, Paris: Gallimard, 1969.

Blanchot, Maurice. *L'espace littéraire*, Paris: Gallimard, 1988.

Butler, Samuel. *Erewhon*, London: Penguin, 1970.

Derrida, Jacques. *Politiques de l'amitié*, Paris: Galilée, 1994.

Deleuze, Gilles & Félix Guattari. *Mille plateaux*, Paris: Minuit, 1980.

Deleuze, Gilles & Félix Guattari. *Qu'est-ce que la philosophie*, Paris: Minuit, 1991.

Deleuze, Gilles. *Différence et répétition*, Paris: PUF, 1968.

Deleuze, Gilles. *L'image-mouvement*, Paris: Minuit, 1983.

Deleuze, Gilles. *Foucault*. Paris: Minuit, 1986.

Deleuze, Gilles. *Le pli. Leibniz et le baroque*, Paris: Minuit, 1988.

Deleuze, Gilles. *Pourparlers*, Paris: Minuit, 1990.

Deleuze, Gilles. *Francis Bacon. Logique de la sensation*, Paris: Edition de la difference, 1996.

Deleuze, Gilles. "D comme désir", in *L'abécédaire de Gilles Deleuze*, coffret 3 DVD, Paris: Editions Montparnasse, 2004.

Duras, Marguerite. *L'amant*, Paris: Minuit, 1984.

Fellini, Federico. *Amarcord*, 1973.

Foucault, Michel. "Langage et littérature", conférence dactylographiée à Saint-Louis, Belgique, 1964.

Foucault, Michel. *Les mots et les choses*, Paris: Gallimard, 1966.

Foucault, Michel. "Le philosophe masqué", in *Dits et écrits*, vol. IV, Paris: Gallimard, 1994.

Greene, Graham. *The End of the Affair*, New York: Viking Press, 1951.

Heidegger, Martin. *Chemins qui ne mènent nulle part*, Paris: Gallimard, 1986.

Heidegger, Martin.〈哲學的終結與思的任務〉，孫周興譯，https://wenku.baidu.com/view/61389b3143323968011c92cb.html，2020/09/01。

Hitchcock, Alfred. *Psycho*, 1960.

Hölderlin, Friedrich. "Remarques sur les traductions de Sophocle", in *Œuvres*, La Pléiade, 1967.

Kubrick, Stanley. *The Shining*, 1980.

Lacan, Jacques. "L'instance de la lettre dans l'inconscient", in *Ecrits*, Pairs: Seuil, 1966.

Leibniz, Gottfried Wilhelm. *Discours de métaphysique, suivi de "Monadologie"*, Paris: Gallimard, 1995.

Lyotard, Jean-François. "Reponse à la question: qu'est-ce que le postmoderne ?", in *Critique*, n°419, avril 1982, 357-367.

Mabin, Dominique. *Dans Le Sommeil de Marcel Proust*, Paris: PUF, 1992.

Merleau-Ponty, Maurice. *Sens et non-sens*, Paris: Gallimard, 1996.

Montaigne, Michel de. *Essais I*, Paris: Gallimard, folio classique, 1965.

Platon, *Parménide, Théétète, le Sophiste*, Paris: Gallimard, 1992.

Platon, *Gorgias / Menon*, Paris: Gallimard, 1999.

Proust, Marcel. *À la recherche du temps perdu*, tome I-IV, Paris: Gallimard, Bibliothèque de la Pléiade, 1987-1989.（中譯：普魯斯特，馬塞爾。《追憶似水年華》，七卷，周克希、徐和瑾、桂裕芳等十五人合譯，台北：聯經，二〇一五。）

Proust, Marcel. *Contre Sainte-Beuve précédé de Pastiches et mélanges suivi de Essais et articles*. Paris:

Gallimard, Bibliothèque de la Pléiade, 1971.

Raczymow, Henri. *Notre cher Marcel est mort ce soir*, Paris: Denoel, 2013.

Robin, Léon. *Platon*, Paris: PUF, 2009.

Rosset, Clément. *L'objet singulier*, Paris: Minuit, 1979.

Schérer, René. *Regards sur Deleuze*, Paris: Kimé, 1998.

Simondon, Gilbert. *L'individu et sa gènese physico-biologique*, Paris: Jérôme Million, 1995.

van Gogh, Vincent. *lettre 677*, à Arles, 9 September 1888, http://www.vangoghletters.org/vg/letters/let677/print.html, 2020/09/01.

知識叢書 1098

成為書寫的人：普魯斯特與文學時間

作　者—楊凱麟
校　對—蘇暉筠
主　編—王育涵
資深編輯—張擎
責任企畫—林進韋
封面設計—謝佳穎
內文排版—極翔企業有限公司

總編輯—胡金倫
董事長—趙政岷
出版者—時報文化出版企業股份有限公司
一〇八〇一九台北市萬華區和平西路三段二四〇號七樓
發行專線—（〇二）二三〇六六八四二
讀者服務專線—〇八〇〇二三一七〇五・（〇二）二三〇四七一〇三
讀者服務傳真—（〇二）二三〇二七八四四
郵撥—一九三四四七二四時報文化出版公司
信箱—一〇八九九臺北華江橋郵局第九十九信箱
時報悅讀網—www.readingtimes.com.tw
人文科學線臉書—http://www.facebook.com/jinbunkagaku
法律顧問—理律法律事務所　陳長文律師、李念祖律師
印　刷—紘億印刷有限公司
初版一刷—二〇二一年六月四日
定　價—新台幣三八〇元

時報文化出版公司成立於一九七五年，並於一九九九年股票上櫃公開發行，
於二〇〇八年脫離中時集團非屬旺中，
以「尊重智慧與創意的文化事業」為信念。

ISBN 978-957-13-8921-9
Printed in Taiwan

成為書寫的人：普魯斯特與文學時間 / 楊凱麟著. -- 初版. -- 臺北市：
時報文化出版企業股份有限公司, 2021.06
面； 公分. --（知識叢書；1098）
ISBN 978-957-13-8921-9（平裝）

1. 普魯斯特 (Proust, Marcel, 1871-1922) 2. 小說 3. 文學評論

876.57 110006164